CB060584

A caderneta vermelha

ANTOINE LAURAIN

A caderneta vermelha

TRADUÇÃO
Joana Angélica d'Avila Melo

5ª reimpressão

ALFAGUARA

Copyright © 2014 by Flammarion, Paris

Grafia atualizada segundo o Acordo Ortográfico da Língua Portuguesa de 1990, que entrou em vigor no Brasil em 2009.

Título original
La Femme au carnet rouge

Preparação
Leny Cordeiro

Revisão
Ana Maria Barbosa
Carmen T. S. Costa

Dados Internacionais de Catalogação na Publicação (CIP)
(Câmara Brasileira do Livro, SP, Brasil)

Laurain, Antoine
 A caderneta vermelha / Antoine Laurain ; tradução Joana Angélica d'Avila Melo. — 1ª ed. — Rio de Janeiro : Alfaguara, 2016.

 Título original: La Femme au carnet rouge.
 ISBN 978-85-5652-013-5

 1. Ficção francesa. I. Título.

16-01861   CDD-843

Índice para catálogo sistemático:
 1. Ficção : Literatura francesa   843

[2021]
Todos os direitos desta edição reservados à
EDITORA SCHWARCZ S.A.
Praça Floriano, 19, sala 3001 — Cinelândia
20031-050 — Rio de Janeiro — RJ
Telefone: (21) 3993-7510
www.companhiadasletras.com.br
www.blogdacompanhia.com.br
facebook.com/alfaguara.br
instagram.com/editora_alfaguara
twitter.com/alfaguara_br

*Só mesmo o sublime
pode nos ajudar no trivial da vida.*
ALAIN FOURNIER

O táxi a deixou na esquina do bulevar. Ela só precisaria caminhar cinquenta metros para chegar em casa. A rua era iluminada pelos lampiões que coloriam as fachadas com um reflexo laranja, mas ainda assim, como sempre lhe acontecia tarde da noite, ela ficou apreensiva. Olhou para trás e não viu ninguém. A luz do hotel, ali em frente, inundava a calçada entre os dois arbustos plantados em vasos que delimitavam a entrada do hotel três estrelas. Ela parou diante do seu prédio, abriu o zíper do meio da bolsa para pegar o chaveiro com o controle remoto, e depois tudo aconteceu muito depressa. Uma mão segurou a alça, uma mão surgida do nada e pertencente a um homem moreno, vestido com uma jaqueta de couro. O medo levou apenas um segundo para atravessar todas as suas veias e subir até o coração, para ali explodir numa chuva gelada. Por reflexo, ela se agarrou à bolsa, o homem puxou e, encontrando resistência, pousou a palma da mão sobre o rosto dela e empurrou a cabeça contra o metal da porta. O choque a fez cambalear, ela viu a rua se iluminar com micropartículas cintilantes, como vaga-lumes em suspensão, sentiu um aperto no peito e seus dedos soltaram a bolsa. O homem sorriu, a alça desenhou um círculo no ar e ele fugiu. Ela permaneceu encostada à porta, enquanto acompanhava com os olhos a silhueta que desaparecia pela noite. O oxigênio penetrava seus pulmões a intervalos regulares, a garganta ardia e a saliva faltava — a garrafa de água estava na bolsa. Ela estendeu um dedo para o painel eletrônico, teclou o código, empurrou suavemente a porta com as costas e deslizou para dentro.

Com a porta de vidro e ferro preto servindo de barreira de segurança contra o mundo, ela sentou devagarinho nos degraus de mármore da entrada e fechou os olhos, enquanto esperava que seu cérebro se acalmasse e voltasse a funcionar normalmente. À maneira do apagamento progressivo das normas de segurança nos aviões, foram desaparecendo um a um os avisos luminosos: Estou sendo atacada. Vou morrer. Roubaram minha bolsa. Não estou ferida. Estou viva. Ergueu os olhos para as caixas de correspondência, leu seu nome, seu sobrenome e seu andar: quinto, à esquerda. Sem chave, quase às duas horas da manhã, não poderia abrir a porta do quinto, à esquerda. Esse fato muito concreto ganhou forma em sua mente: Não posso entrar em casa e roubaram minha bolsa. Já não está comigo, jamais a verei de novo. Uma parte de si mesma acabava de desaparecer da maneira mais brutal. Olhou ao redor como se a bolsa fosse se materializar, anulando a sequência que acabava de acontecer. Mas não, a bolsa já não estava ali. Estava longe, nas ruas, arrancada, voava no braço do homem que corria, ele iria abri-la e encontrar suas chaves, seus documentos de identidade, suas lembranças. Toda a sua vida. Ela sentiu lágrimas arderem em seus olhos. Medo, desespero e raiva se misturavam ao tremor das mãos, que parecia não querer parar nunca, e a dor na nuca se tornou mais forte. Passou os dedos pelo local, estava sangrando, e, claro, os lenços de papel tinham ficado na bolsa.

Uma e cinquenta e oito da manhã: era inconcebível bater à porta de algum vizinho. Nem mesmo a daquele cara gentil, cujo nome ela não tinha gravado, que se mudara recentemente para o segundo andar e trabalhava com histórias em quadrinhos. O hotel lhe surgiu como a única solução. O sensor de movimento da entrada acabava de desligar e ela procurou, às apalpadelas, o interruptor. Quando a luz voltou, sentiu uma ligeira vertigem e se apoiou na parede. Precisava recuperar a lucidez, pedir para dormir lá uma noite, explicando que morava ali em frente e que pagaria amanhã. Esperava que o recepcionista da noite fosse prestativo, porque não lhe ocorria outra ideia. Abriu a pesada porta do prédio e um tremor a percorreu. Causado não pelo frio da noite, mas por um medo difuso, como se as fachadas tivessem absorvido alguma coisa do acontecido e o homem fosse brotar de uma parede, como por encanto. Laure olhou ao redor. A rua estava deserta. Seguramente, o homem não iria voltar, mas nem sempre a gente domina os próprios medos, e, quase às duas horas da manhã, não é fácil distinguir entre o irracional e o possível. Ela atravessou em direção ao hotel. Teve o reflexo de apertar a bolsa contra o corpo, mas entre o quadril e o antebraço só encontrou o vazio. Entrou na luz sob o toldo do hotel e a porta corrediça se abriu. Um homem grisalho, sentado atrás do balcão da recepção, ergueu os olhos para ela.

Ele concordou. Meio a contragosto, mas, quando Laure fez menção de tirar o relógio de ouro para deixá-lo como garantia, o homem ergueu a mão em sinal de rendição. Aquela jovem desamparada seguramente dizia a verdade, parecia séria, havia pelo menos uns noventa por cento de possibilidade de que no dia seguinte viesse pagar a noite no hotel. Ela preencheu a ficha com nome e sobrenome, além do endereço. A recepção já precisara lidar com problemas de inadimplência bem mais complicados do que uma única noite de hotel para uma mulher que afirmava morar ali em frente havia quinze anos. Era verdade que telefonar aos amigos com quem ela estivera pouco antes seria uma solução, mas o número deles estava no celular. E, desde o advento dos telefones portáteis com suas memórias, Laure só sabia de cor o dela mesma e o do trabalho. Quanto à hipótese de chamar um serralheiro, sugerida pelo recepcionista, essa também não adiantaria nada. Laure havia usado todo seu talão de cheques e demorado a pedir o seguinte, ele só estaria no banco no início da próxima semana. Afora o cartão de débito e os quarenta euros em espécie que se encontravam na bolsa furtada, não dispunha de nenhum meio de pagamento. Era impressionante como, nesse tipo de situação, milhares de detalhes, que uma hora antes eram insignificantes, de repente pareciam se aliar contra a pessoa. Laure acompanhou o recepcionista no elevador, e em seguida no corredor, até o quarto 52, com vista para a rua. Ele acendeu a luz, mostrou rapidamente o banheiro e depois lhe entregou a chave. Ela agradeceu, prometendo mais uma vez retornar no dia seguinte, assim que pudesse, para pagar. O homem exibiu um sorriso benévolo, uma expressão cansada por ouvir essa promessa pela quinta vez: Eu acredito, senhorita, boa noite.

    Laure se dirigiu à janela e puxou a cortina: a vista dava para seu andar. Havia deixado acesa a luminária da sala e encostado uma cadeira diante da janela entreaberta para que Belfegor* pudesse olhar para fora. Era muito estranho ver seu apartamento dali. A impressão era quase a de que iria vislumbrar seu próprio vulto atravessando o aposento. Abriu a vidraça. Belfegor, chamou baixinho... Belfegor... emitindo aquele beijinho sincopado que todos os donos de gato sabem produzir. Instantes depois, a silhueta negra pulou sobre a cadeira, e dois olhos amarelos a fitaram com estupefação. Como era possível que sua dona estivesse ali em frente, e não dentro do apartamento? Pois é, isso mesmo, estou aqui... disse ela, erguendo os ombros. Deu um tchauzinho para o gato e resolveu se deitar.

---

* Na mitologia moabita, demônio da preguiça. (N. T.)

No banheiro, encontrou lenços de papel e, com um pouco de água, limpou o ferimento na cabeça. Ao se inclinar, sentiu nova vertigem. A única notícia boa era que parecia ter parado de sangrar. Pegou uma toalha felpuda, abriu-a em cima do travesseiro e em seguida se despiu. Deitada, não conseguia parar de rever a cena do roubo. O acontecimento que não tinha tomado mais do que alguns segundos, no máximo, agora se estendia como uma sequência em câmara lenta. Mais vagarosa do que as cenas de câmera lenta do cinema, mais longa. As dos documentários científicos, que mostram os bonecos nas batidas de carro reproduzidas em laboratório. Neles vemos o interior do veículo, o para-brisa explodindo como uma poça d'água vertical, as cabeças dos bonecos se projetando devagar para a frente, os air bags se inflando como chicletes de bola, e a lataria se franzindo com delicadeza, como sob o efeito de um calor suave.

Diante do espelho do banheiro, Laurent desistiu de se barbear. O aparelho elétrico, cujo zumbido incrementava todos os seus despertares, ao ser ligado havia emitido um resmungo moribundo antes de parar, cedendo a vez ao silêncio. Em vão ele havia acionado a tecla on-off, batido na grade de proteção, ligado e religado o aparelho na tomada: o Braun 860 de triplas lâminas giratórias entregara a alma. Profundamente contrariado, Laurent não conseguiu decidir jogá-lo no lixo, ao menos naquela hora. Então o colocou piedosamente dentro da cuba em forma de pia de água benta, trazida da Grécia dez anos antes. O barbeador Gillette que vivia largado dentro de uma gaveta tampouco lhe seria de alguma utilidade, pois uma segunda surpresa sobreveio: um estertor sorrateiro se fez ouvir quando ele abriu a torneira da banheira. Nada de água. O corte geral fora anunciado havia uma semana no saguão do prédio, mas ele o esquecera. Laurent se contemplou no espelho. Viu o rosto de um homem mal barbeado, com os cabelos bastante desgrenhados por uma noite passada com a cabeça afundada no travesseiro. A água que restava na chaleira só dava para fazer um café. Ao sair do prédio, ele deu uma olhada para a persiana metálica da loja. Dali a pouco, com uma virada de chave no quadro de energia, abriria o local, depois cumprimentaria com um aceno de cabeça seu vizinho Jean Martel (Le Temps Perdu, antiguidades — belchior — compra — venda), que estaria sentado a uma mesa na varanda do Jean Bart, diante de um café com creme. Também acenaria com a mão para a mulher do tintureiro (La Blanche Colombe — tinturaria de qualidade), que lhe responderia de detrás da vitrine dela, e em seguida, tendo levantado a persiana, ele daria a olhada ritual para sua própria vitrine, com os "Romances da volta às aulas", os "Livros de arte" e os "Mais vendidos", ao lado de "Nossas paixões" e de "Os indispensáveis". Por volta das dez e meia, Maryse chegaria, seguida por Damien. A equipe estaria completa, o dia começaria, entre abertura das caixas de entregas e as mais diversas informações: "Estou procurando um livro, não sei nem o autor nem o editor, mas o enredo se passa durante a Segunda Guerra Mundial". Sugestões: "Madame Berthier, este romance é para a senhora, que está procurando algo leve para se distrair neste momento, garanto que a senhora precisa de qualquer jeito conhecer este autor". Encomendas: "Bom dia, aqui é Le Cahier Rouge, preciso de três exemplares de bolso do *Don Juan* de Molière da coleção Biblio Lycée". E devoluções: "Bom dia, aqui é Le Cahier Rouge, sou forçado a lhe mandar de volta os quatro exemplares de *Tristesse d'été*,* não estão vendendo e eu preciso renovar meu estoque". Programação de lançamentos: "Bom dia, aqui é Laurent Letellier de Le Cahier Rouge, pode me informar se seria possível uma noite de autógrafos com o autor de vocês?".

---

* "Tristeza de verão", título de um poema de Stéphane Mallarmé (1842-98). (N. T.)

Quando ele a comprara, a livraria era uma cafeteria moribunda, Le Celtique, mantida por um casal idoso que só esperava isso para poder retornar ao Auvergne e para o qual Laurent foi um benfeitor inesperado. A cafeteria tinha a vantagem de possuir um "apartamento funcional" no andar de cima. Vantagem indiscutível em relação às distâncias, já que as elimina de maneira radical, mas com um lado ruim: a pessoa nunca sai do lugar onde trabalha.

Laurent contornou a pracinha que dava para Le Cahier Rouge e subiu a Rue de la Pentille. Levava na mão *Arcabouço feito de nuvens*, o último romance de Frédéric Pichier. Na semana seguinte, o autor iria fazer uma sessão de autógrafos na livraria, e Laurent pretendia reler, diante de um expresso duplo na varanda de L'Espérance, uma cafeteria que ele costumava frequentar durante suas caminhadas matinais, as anotações que fizera no próprio exemplar. O livro contava o destino de uma jovem camponesa durante a guerra de 1914. Era o quarto romance do autor, que se tornara conhecido com *As lágrimas da areia*, história de um soldado que se apaixonava por uma moça egípcia na época da presença francesa sob Napoleão. Pichier tinha a arte de mesclar os dissabores de seus personagens com os grandes momentos da História. A crítica literária não sabia muito bem como encarar seu caso: ele era apenas um bom narrador ou um escritor de verdade? A questão não estava resolvida. Fosse como fosse, o livro vendia bem, e a sessão de autógrafos certamente faria muito sucesso. Enquanto Laurent avançava pela rua, Maryse lhe enviou um torpedo. Seu trem tinha parado no meio do trajeto e ela talvez se atrasasse. Vá me mantendo informado, Maryse, respondeu ele, antes de dobrar na Rue Vivant Denon. Quando chegou ao número 6, ergueu os olhos para verificar se sua cliente, madame Merlier, abrira mesmo as janelas. Grande leitora, a velha senhora, que se parecia espantosamente com a falecida atriz Marguerite Moreno, se levantava ao amanhecer. Um dia dissera a ele: Se eu não tiver aberto as janelas, monsieur Letellier, é porque morri ou estou morrendo. Haviam combinado então que Laurent devia chamar os bombeiros em caso de postigos fechados. Mas tudo ia bem no número 6, os postigos estavam abertos. Aliás, eram quase os únicos — os moradores aproveitavam as manhãs de sábado para acordar tarde, e o bairro estava quase deserto. Ele prosseguiu seu caminho pela Rue du Passe-Musette. A cafeteria L'Espérance ficava lá no final, na esquina com o bulevar e a feirinha de fim de semana. As lixeiras já tinham sido colocadas diante de cada portão de pátio, acompanhadas por algumas peças de mobiliário obsoleto que esperavam o serviço de limpeza urbana. Laurent ultrapassou uma delas, reduziu o passo — a imagem levara alguns segundos para se imprimir em sua mente —, virou-se e retornou.

Sobre a tampa havia uma bolsa feminina. De couro lilás e em muito bom estado. Tinha numerosos compartimentos e zíperes, duas alças largas e outra mais comprida, para usar a tiracolo, e fechos dourados. Por reflexo, Laurent olhou ao redor — o gesto era absurdo, nenhuma mulher iria se materializar de repente para vir recuperar suas coisas. Pela maneira como se mantinha firme, a bolsa não parecia vazia. Se estivesse vazia e rasgada, a proprietária a teria jogado dentro da lixeira, e não em cima da tampa. Aliás, as mulheres jogam fora suas bolsas? Laurent pensou naquela com quem compartilhara sua vida durante doze anos. Não, Claire jamais se desfizera de nenhuma bolsa. Tinha várias e as trocava de acordo com as estações. Tampouco descartava os sapatos; mesmo quando as tirinhas de seus escarpins já estavam destruídas, ela mandava consertá-las no sapateiro. Enfim, mesmo quando este último não podia fazer mais nada pelos escarpins, Laurent jamais tinha visto um par na lixeira da cozinha, em meio às cascas de frutas e legumes. Eles desapareciam misteriosamente. Apesar dessas reflexões que o reconduziam à sua vida de tempos passados, o fato de uma mulher ter se livrado de sua bolsa continuava sendo uma possibilidade. Por outro lado, o fato de essa bolsa em perfeito estado se encontrar isolada em cima de uma lixeira parecia antes indicar um acontecimento mais inquietante. Um furto, por exemplo. Laurent a levantou. Sim, a bolsa não estava vazia. Ele entreabriu o zíper central, o suficiente para constatar que sem dúvida havia ali vários "objetos pessoais", como se costuma dizer. Ia começando a espiar o interior quando uma jovem saiu por um portão de pátio, puxando uma mala de rodinhas. Ultrapassou-o e se voltou para ele. Quando o olhar de Laurent cruzou com o da moça, ela se apressou e saiu de modo imperceptível, desaparecendo na curva da rua. No mesmo instante ele percebeu o quanto a situação podia parecer suspeita: um homem sozinho, despenteado e barba por fazer, abrindo uma bolsa de mulher em cima de uma lixeira… Então a fechou depressa. A questão que se apresentava agora era quase de ordem moral: levá-la consigo ou deixá-la ali mesmo? Em algum lugar da cidade, com certeza uma mulher tinha sido roubada e, muito provavelmente, perdera a esperança de rever seus pertences. Eu sou o único a saber onde está a bolsa, pensou Laurent, e, se a deixar aqui, ela será destruída pelos lixeiros ou roubada de novo. Então decidiu: pegou-a e desceu a rua. O comissariado ficava a dez minutos de caminhada. Iria deixá-la com os policiais, preencheria um ou dois formulários e depois se instalaria na cafeteria.

Uma presença singular. Como a de um animal de estimação que alguém deixou aos seus cuidados e que só admite acompanhar você com grande relutância. Laurent segurava a alça tiracolo dourada como se esta fosse a guia de uma coleira, depois de dobrá-la um pouco na mão fechada para evitar que a bolsa balançasse ostensivamente diante de todo mundo. Estava transportando um objeto que não lhe pertencia, que não podia ser pendurado em seu ombro. Outra mulher havia baixado os olhos para a bolsa e depois os erguera para Laurent. À medida que ele avançava pelo bulevar, a sensação de embaraço aumentava. Agora lhe parecia que todas as silhuetas pelas quais passava o observavam com o canto do olho e, numa fração de segundo, percebiam o que a imagem tinha de anormal: um homem com uma bolsa de mulher. Lilás, ainda por cima. Ele não imaginava que caminhar com esse acessório fosse tão desagradável. No entanto, recordava que às vezes Claire lhe confiara a bolsa dela enquanto subia de volta ao apartamento para buscar os cigarros ou entrava no toalete de uma cafeteria. Laurent se via então em plena rua com uma bolsa feminina. Sentia, é verdade, uma espécie de desconforto divertido, que não durava nada porque Claire logo reaparecia para recuperar suas coisas. Nesses raros instantes, Laurent via passar mulheres que reconheciam nas mãos dele o atributo de uma de suas semelhantes, mas não lhe parecia perceber desconfiança naqueles olhares, só mesmo um lampejo de ironia. Ele era um homem de pé na rua, esperando sua companheira. Isso era evidente, com tanta certeza quanto se ele exibisse um daqueles cartazes de homem-sanduíche com os dizeres: MINHA MULHER VOLTA JÁ. Um grupo de garotas, secundaristas de jeans e tênis, afastou-se à sua passagem e ele ouviu uma espécie de cacarejo seguido de uma risada coletiva. Seria ele o objeto daquela hilaridade? Preferia não saber. A suspeita iria substituir a zombaria? Atravessou a pista e decidiu chegar ao comissariado pelas ruazinhas adjacentes.

A sala de espera com paredes revestidas de mástique era iluminada por uma janela de vidro fosco, desprovida de maçaneta. Cadeiras de plástico, uma mesa de fórmica e duas salas com portas escancaradas: o espaço reservado às denúncias de furto a pedestres parecia ser nada mais do que o limbo das bolsas femininas desaparecidas. Cinco mulheres, de idades variadas, estavam sentadas em silêncio. Numa das salas, uma velhinha, usando bengala e com um grande curativo no supercílio, contava soluçando o roubo da sua. O homem de cabelos brancos que a acompanhava, confuso, já não sabia para onde olhar. Laurent se encontrava num dos purgatórios da vida, aqueles lugares onde esperamos nunca precisar entrar: urgências médicas, alfândegas de aeroporto, centros de reeducação... diante de cujas fachadas passamos pensando que estamos melhor do lado de fora, mesmo quando chove. De qualquer modo, nunca mais veremos nossas bolsas, disse bem alto uma moreninha que lia *Voici*. Um jovem cabo passou com as mãos cheias de numerosas fotocópias. Com licença, disse Laurent... Eu trouxe uma bolsa. As cinco que aguardavam ergueram os olhos para ele. Fale com meus colegas, senhor, respondeu prontamente o rapaz, apontando uma das salas. Um homem forte, de cabeça raspada e olhos pequenos e fundos, estava se levantando para acompanhar uma mulher até a porta. Pousou o olhar em Laurent e este mostrou a bolsa lilás. Vim trazer uma bolsa que acabei de achar na rua. Um belo ato de cidadania, disse o outro. Pronunciou essa frase com uma voz viril, acrescentando: Venha ver, Amélie. Uma lourinha rechonchuda saiu da mesma sala e se aproximou dos dois. Eu estava dizendo a este senhor que foi um belo ato de cidadania — a frase parecia lhe agradar —, este de nos trazer uma bolsa que achou. Ah, pois é, muito bem, cavalheiro, reforçou Amélie. Laurent sentiu que a jovem cabo tinha respeito por um homem que se dava ao trabalho de trazer à polícia uma bolsa feminina. Como o senhor pode constatar, continuou a voz viril, agora num tom mais relaxado, estas senhoras estão esperando, portanto posso atendê-lo daqui a, digamos... uma hora, disse, olhando o relógio de pulso. Uma hora no mínimo, retificou Amélie delicadamente. Seu colega fez que sim com a cabeça. Então talvez eu volte amanhã de manhã, disse Laurent. Como preferir, nós funcionamos das nove e meia às treze horas e das catorze às dezenove horas, disse o homem. O senhor também pode se dirigir ao setor de achados e perdidos, sugeriu a cabo, fica no número 36 da Rue des Morillons, Paris, 15º arrondissement.

Quando saiu do comissariado, Laurent encontrou mais um torpedo de Maryse: o trem dela acabava de partir de novo — mas não daria tempo de chegar até a hora de abrir a loja. Laurent passou diante de L'Espérance sem se deter, releria suas anotações sobre Pichier na própria livraria. O caminhão da limpeza urbana estacionava diante dos prédios, e dois jovens lixeiros, com iPod no ouvido, carregavam os latões e os esvaziavam ruidosamente na caçamba. Não havia a menor dúvida de que em poucos minutos a bolsa teria mudado de mãos ou terminado sua existência num depósito a céu aberto, tendo como únicas testemunhas as gaivotas. Guardião temporário dos objetos pessoais de alguém, Laurent subiu de volta ao apartamento, deixou a bolsa em cima do sofá e desceu de novo para abrir a livraria. O dia de trabalho podia começar.

Ao meio-dia e meia, após consultar a anotação do colega noturno sobre aquela cliente meio peculiar, os dois recepcionistas diurnos começaram a ficar preocupados. Era para ela ter saído do quarto há muito tempo, ele devia ter sido liberado até o meio-dia. Um deles resolveu subir com o cartão de acesso. Quando chegou à porta do 52, encostou o ouvido na madeira, esperando ouvir um ruído de ducha. Não se entra no quarto de uma mulher que pode estar saindo nua do banheiro; isso já lhe acontecera uma vez e ele não queria repetir essa mancada. Mas nenhum som provinha do 52. Bateu várias vezes e, como não obtinha resposta, decidiu usar seu cartão e penetrou no quarto. Com licença, é o recepcionista, disse, ligando o interruptor, a senhora não liberou o quarto e eu me permiti... parou de chofre. Laure estava deitada na cama, o corpo meio despido entre a colcha e o lençol. Olhos fechados, parecia dormir. O homem se aproximou. Viam-se os seios dela, a cabeça repousava sobre o travesseiro. Senhorita, disse em voz alta, Senhorita, repetiu, aproximando-se mais. Agora, a sensação de que algo não ia bem naquele quarto era palpável. Mas que história é essa, murmurou ele. Senhorita, disse de novo, já convencido de que só o silêncio responderia à sua voz. Adiantou-se, o rosto dela estava completamente imóvel, os traços regulares e distendidos. Apesar da contrariedade crescente, o homem se surpreendeu pensando que a moça era bonita, mas caiu em si e se concentrou num ponto essencial: estaria respirando? Parecia que sim. Aproximou a mão do ombro dela e o tocou. Nenhuma reação. Depois a sacudiu de leve, Senhorita... Os olhos permaneciam fechados e o corpo não se movia um milímetro. O recepcionista contemplou com atenção os seios nus da mulher, para ver se percebia ali o movimento de uma respiração. Sim, ótimo, ela respirava. Um pombo pousou ruidosamente na sacada e ele teve um sobressalto. Por reflexo, abriu a cortina com um golpe seco, o sol penetrou no aposento e o pombo voou. Na moldura da janela do prédio fronteiro, ele avistou um gato preto empoleirado numa cadeira, parecendo fitá-lo com olhos dilatados. O rapaz pegou o telefone no criado-mudo e teclou o 9, o número da recepção. Julien, disse, tenho um problema com a cliente do 52... Enquanto pronunciava a frase, olhou para o travesseiro. Sob a cabeça de Laure, uma ampla mancha de sangue aglutinava os cabelos dela ao tecido de uma toalha felpuda. Tenho um grande problema, retificou, chame os bombeiros, imediatamente.

Meia hora mais tarde, Laure era retirada numa padiola de rodinhas que percorreu apenas uns trinta metros pela calçada até chegar à ambulância vermelha. As palavras "hematoma", "traumatismo craniano" e "coma" foram pronunciadas.

A espuma do xampu lhe escorria pelo rosto sob a ducha superquente. Após vender vinte e oito romances, nove livros de arte, sete juvenis, cinco histórias em quadrinhos, quatro ensaios, três guias de Paris e da França, preencher quatro cartões de fidelidade e fazer catorze encomendas, Laurent havia finalmente concluído sua jornada. Pôde então fechar a livraria e subir ao apartamento, para constatar que o fornecimento de água tinha sido restabelecido. Durante o dia inteiro, precisara se desculpar, com um sorriso, pelo aspecto desgrenhado. Um dos clientes achara nele um falso ar de Chateaubriand, enquanto outro havia evocado Rimbaud no quadro *Un coin de table*, de Fantin-Latour, esclarecendo, porém, que só se referia aos cabelos do poeta. Laurent se enxugou, e em seguida tirou da gaveta o barbeador Gillette e um velho spray de espuma Williams que ele tivera a boa ideia de conservar. Recém-escanhoado, vestiu um jeans limpo, camisa branca, calçou mocassins e penteou o cabelo para trás — preparando-se para abrir a bolsa como um homem que se embeleza antes de levar uma mulher ao restaurante.

Em sua caixa de entrada, os mais diversos spams se exibiram. A maioria lhe recomendava, chamando-o pelo primeiro nome, um novo empréstimo, ou ainda uma temporada em algum lugar caríssimo, mas ainda assim cinquenta por cento mais barato do que a tarifa cheia. "Viaje agora mesmo", anunciava um. "Laurent, é hora de tirar férias", apregoava outro, em tom de familiaridade digital. Havia também uma curiosidade daquelas que a gente às vezes encontra nos anúncios da internet: guarda-chuvas para cães. O spam propunha, com a maior seriedade, a aquisição imediata desse acessório indispensável para "seu amiguinho, que lhe ficará agradecido". Nessa floresta informática, nenhuma mensagem pessoal. No entanto, dali a poucos dias ele deveria jantar com a filha. Não havia dúvida de que ela logo se manifestaria na caixa de mensagens. Chloé jamais esquecera um compromisso. Laurent tirou da geladeira o resto de *hachis parmentier** e resolveu abrir uma das garrafas de Fixin da caixa oferecida por um de seus bons clientes. Provou-o, o *bourgogne* estava perfeito. Com o copo na mão, voltou à sala.

Lá estava a bolsa, em cima do sofá. Ele ia se aproximando quando lhe chegou um torpedo. "Talvez ainda hoje, mas bem tarde, dia complicado, depois explico, ainda estou no trabalho. A Bolsa despencou. Se ouvir os informativos, você vai saber como está sendo minha noite! Beijos, Dominique." Laurent bebeu um gole e respondeu: "Pra você também, fico esperando...". Em seguida, sentou-se no assoalho, pernas cruzadas, pousou o copo sobre um dos tacos do piso e pegou a bolsa, com cuidado. Era bonita, com aquelas duas texturas de couro lilás, os fechos dourados e os compartimentos externos de tamanhos variados. Os homens não possuíam nada comparável. No máximo dispunham de pastas ou de maletas cujas formas padronizadas tinham sido concebidas com o único objetivo de receber documentos. Bebeu mais um gole de vinho, com a nítida impressão de que ia cometer um ato proibido. Uma transgressão. Um homem não remexe a bolsa de uma mulher — até os povos mais atrasados deviam obedecer a essa regra ancestral. Os maridos de tanga seguramente não tinham o direito de ir procurar, na bolsa de couro curtido de suas esposas, uma flecha envenenada ou uma raiz para trincar. Laurent jamais abrira a bolsa de Claire, aliás nem mesmo a de sua mãe quando ele era criança, nem a de nenhuma mulher. No máximo, tinha ouvido às vezes: "Pegue as chaves na minha bolsa", ou "Tem um pacote de lenços de papel na minha bolsa, tire para mim". Só havia metido a mão numa bolsa feminina com uma autorização expressa, que aliás mais parecia uma ordem, e só era válida por um período limitadíssimo: quando Laurent não encontrava as chaves ou os lenços em menos de dez segundos e começava a fuxicar o conteúdo da bolsa, ela era imediatamente recuperada pela proprietária. O gesto se fazia acompanhar de uma frasezinha irritada,

---

* Espécie de empadão de carne moída com purê de batatas. (N. T.)

sempre no imperativo: "Me dê isso aqui!", e as chaves ou o pacote de lenços logo apareciam.

Puxou delicadamente a guia dourada do zíper até a extremidade oposta. A bolsa exalou um aroma de couro quente e de perfume feminino.

Na verdade eu precisaria ter uma amiga como eu mesma, tenho certeza de que seria minha melhor amiga.

Sonho desta noite: sonhei que Belfegor era um homem, isso me surpreendia bastante e ao mesmo tempo nem tanto, eu sabia que era ele, aliás um belo homem. Estávamos num grande palácio e subíamos para o quarto depois de tomar um drinque no bar. Adormecíamos na cama e depois fazíamos amor no terraço (grande prazer) acordei, ele pousava o nariz sobre o meu (isso na realidade, e não no sonho) COMPRAR RAÇÃO Virbac Gatos <u>sabor pato</u>.

Gosto de passear ao longo da água na hora em que as pessoas saem da praia.
Gosto do nome do coquetel "Americano", mas prefiro o "Mojito".
Gosto do cheirinho de hortelã e de manjericão.
Gosto de dormir no trem.
Gosto dos quadros que representam paisagens sem personagens.
Gosto do cheiro de incenso nas igrejas.
Gosto de veludo e de pelúcia.
Gosto de almoçar em um jardim.
Gosto de Érik Satie. COMPRAR UMA GRAVAÇÃO DA OBRA COMPLETA DE SATIE.

Tenho medo de aves (especialmente de pombos).
Pensar em escrever outros "tenho medo".

Quando entro num vagão de metrô, faço imediatamente o recenseamento dos homens "possíveis". (Jamais conheci homens no metrô.)

Tenho que terminar com Hervé. Hervé é tedioso, é terrível se entediar com um homem tedioso.
Gosto do fogo da lareira. Gosto do cheiro de madeira queimada. O cheiro do fogo de madeira.
Terminei com Hervé. Não gosto de terminar.
Pensar em escrever outros "não gosto".

Eram quase onze horas da noite. Sempre sentado no chão e agora rodeado de objetos, Laurent estava mergulhado na caderneta Moleskine vermelha que guardava em dezenas de páginas os pensamentos da desconhecida, às vezes rasurados, sublinhados ou escritos em maiúsculas. A letra era elegante e desenvolta. Ela devia tê-los registrado ao sabor de seus impulsos, certamente em varandas de cafeterias ou durante trajetos de metrô. Laurent estava fascinado por aquelas reflexões que se sucediam, aleatórias, tocantes, desmioladas, sensuais. Ele havia aberto uma porta que levava à mente da mulher da bolsa lilás e, embora se sentisse meio descortês por ler as páginas da cadernetinha, não conseguia largá-la. Uma citação de Sacha Guitry lhe ocorreu: "Olhar alguém dormindo é ler uma carta que não foi dirigida a você". A garrafa de vinho estava vazia pela metade e o *hachis Parmentier* fora esquecido sobre a bancada da cozinha.

O primeiro objeto que ele tinha encontrado era um frasco de perfume em vidro preto, Habanita de Molinard. Uma pulverização lhe revelou uma fragrância suave de ilangue-ilangue e de jasmim. Depois veio o chaveiro, complementado por uma plaquinha dourada gravada com hieróglifos. Seguiu-se uma pequena agenda que trazia compromissos anotados nas horas dos dias correspondentes, nomes, alguns sobrenomes. Nenhum endereço nem número de telefone. Nesse início de janeiro, a agenda só estava preenchida nos primeiros quinze dias. Laurent conhecia aquele modelo, o setor de papelaria do Cahier Rouge vendia uns parecidos. A proprietária não tivera o cuidado de escrever suas coordenadas na página de identificação, no entanto prevista para esse fim. O último compromisso datava da véspera: 20h00, Jantar Jacques e Sophie + Virginie. Aqui tampouco, nada de endereço nem de telefone. Para a semana seguinte, somente uma indicação, na quinta-feira: 18h00, tinturaria (vestido de alcinhas). Depois veio uma nécessaire de couro lilás e havana com produtos de maquiagem e acessórios, entre estes um pincel espesso cuja suavidade ele experimentou no rosto. Um isqueiro dourado, uma esferográfica Montblanc preta — que talvez fosse a da caderneta de pensamentos —, um saquinho de balas de alcaçuz, de onde ele tirou uma, que de imediato acrescentou uma interessante nota amadeirada ao sabor de seu copo de Fixin, uma garrafa pequena de Evian, uma presilha de cabelo com uma flor azul em tecido, um par de dados vermelhos de plástico. Laurent os pegou e os deixou cair no assoalho. Deu 5 e 6. Bom resultado. Uma receita de moleja de vitela arrancada de uma revista feminina, provavelmente *Elle*. Um pacotinho de lenços de papel. Um carregador de celular, mas, claro, nada de celular nem de carteira de dinheiro. Nenhum documento de identidade.

Um envelope duplo continha quatro fotos coloridas. A de um homem de uns sessenta anos, com cabelos quase totalmente brancos, vestido com polo vermelha e calça bege. Ele sorria, de pé diante de uma paisagem de pinheiros. Ao seu lado uma mulher, mais ou menos da mesma idade, com vestido lilás, loura, óculos escuros, estendia a mão para a pessoa que tirava a foto. A imagem parecia datar de mais de vinte anos antes, talvez trinta. A foto seguinte apresentava um homem bem mais jovem, cabelos castanhos e curtos, também de pé, braços cruzados, diante de uma macieira. Na terceira, Laurent descobriu uma casa e seu jardim, com uma árvore grande. Nada permitia indicar onde ficava aquele lugar, e nenhuma imagem trazia anotações. Parentes e lembranças que não davam nenhum indício e que somente a dona da bolsa poderia identificar.

Os objetos pareciam incontáveis. Laurent decidiu tirar vários ao mesmo tempo. Meteu a mão no compartimento lateral esquerdo e vieram, misturados, uma *Pariscope*, um hidratante para os lábios, uma cartela de analgésico, um grampo de cabelo e um livro. *Accident nocturne*, de Patrick Modiano. Laurent se deteve: então, a desconhecida era leitora de Modiano, e pareceu-lhe que o romancista afeiçoado ao mistério, à memória e às buscas de identidade acenava para ele. De quando datava aquele Modiano? Não sabia muito bem, início dos anos 2000... Abriu o livro para ver o ano da edição original. "Gallimard, 2003", estava impresso no verso da folha de rosto, e nesta última havia outra coisa: transparecia uma frase. Laurent voltou a página e leu duas linhas escritas com caneta-tinteiro embaixo do título: "Para Laure, lembrança de nosso encontro sob a chuva. Patrick Modiano". O texto dançava diante dos seus olhos. Modiano, o mais esquivo dos escritores franceses. Que já não participava de nenhum lançamento havia muito tempo e só concedia raríssimas entrevistas. Cuja dicção hesitante, cheia de reticências, se tornara lendária. Ele mesmo era uma lenda. Um enigma que seus leitores acompanhavam de romance em romance havia quarenta anos. Ter uma dedicatória dele parecia mais do que improvável. E, no entanto, as linhas estavam ali.

    O autor de *Na rua das lojas escuras* acabava de lhe informar o primeiro nome da mulher da bolsa lilás.

Tenho medo de formigas vermelhas.
Tenho medo quando consulto minha conta bancária e clico em "Saldo disponível".
Tenho medo quando o telefone toca lá em casa de manhã bem cedo.
Tenho medo de entrar no metrô quando ele está muito lotado.
Tenho medo do tempo que passa.
Tenho medo de ventiladores, mas isso eu sei por quê.

Era hora de parar de ler a caderneta vermelha de Laure e acabar de esvaziar a bolsa em busca de um indício, por mais ínfimo que fosse, do sobrenome ou do endereço dela. Ainda havia outros compartimentos, com zíper ou não. Laurent jamais imaginaria que uma bolsa de mulher pudesse conter tantos cantos e recantos. Aquilo era ainda mais complexo do que a dissecção de um polvo sobre uma bancada de cozinha. Por várias vezes acreditou ter esvaziado um dos pequenos compartimentos para depois perceber que restava uma aspereza que ele descobria ser uma pedrinha, certamente recolhida numa ocasião bem precisa. Havia assim reunido três, de tamanhos variados, espalhadas por toda a bolsa. E uma marrom, provavelmente apanhada num parque.

Laurent fez uma pausa, levantou-se e foi abrir a janela para o frio da noite. A pracinha estava deserta, ele se sentia meio tonto, teriam sido o vinho tinto e a ausência de jantar ou a acumulação heterogênea que havia desfilado sob seus olhos? Não saberia dizer. Dispunha-se a mergulhar de novo em seu inventário quando o celular indicou a chegada de um torpedo, ele havia esquecido Dominique totalmente. *Chego aí em quinze minutos, espero que você ainda não esteja dormindo...* Não tinha terminado, mas logo se empenhou em guardar de volta na bolsa todos os objetos, não sem sentir certo rancor por Dominique, que o obrigava a interromper seu início de investigação. De má vontade, meteu apressadamente a bolsa no guarda-roupa. Ao se pentear de novo diante do espelho, refletiu que poderia muito bem ter deixado todo o conteúdo no chão e depois explicar a história a Dominique. Mas essa ideia não era satisfatória. À parte o ciúme desconfiado de Dominique, Laurent não tinha vontade de compartilhar sua descoberta. Por enquanto, a Laure de Modiano era um mistério que só interessava a ele.

Uma mulher esteve aqui... Como assim?, respondeu Laurent. Dominique o encarava com seus olhos negros; e o cabelo curto, que lhe valorizava os traços delicados, dessa vez a fazia parecer uma ave de rapina. Não, aqui não veio nenhuma mulher, respondeu Laurent com o máximo de segurança que lhe restava àquela hora. Como diabos Dominique podia perceber a presença no aposento, vinte minutos antes, de objetos femininos? As mulheres têm um sexto sentido, dizia a expressão popular. No caso presente, aquilo lembrava feitiçaria. Dominique balançou seu copo de vinho e bateu o cigarro no pesado cinzeiro de vidro. Tem um perfume no ar, disse, com jeito cúmplice. O frasco preto da bolsa! Ele tivera a má ideia de apertar o pulverizador, Habanita ainda flutuava na sala. No entanto, só apertara uma vez, e isso duas horas antes. Como um verdadeiro cão de caça, Dominique havia captado o resto dos eflúvios, que nenhum ser humano do sexo oposto, Laurent tinha certeza, jamais descobriria na atmosfera. Nenhuma mulher veio aqui, juro... pela minha filha, pela minha livraria, quero ir à falência nos próximos meses se uma mulher tiver vindo a este lugar. Laurent havia escolhido cuidadosamente a sentença: de fato, ele podia jurar por tudo o que quisesse, sua frase era verdadeira: nenhuma mulher tinha vindo ao seu apartamento. Apenas a bolsa de uma delas havia estabelecido domicílio ali.

O juramento pareceu satisfazer Dominique. Acredito, disse ela, você é supersticioso, não diria isso se fosse mentira. Seguiu-se uma descrição de sua noite, que ela passara acompanhando, nas telas do mundo inteiro — diferenças de horário incluídas —, as últimas quedas das Bolsas e as últimas transações feitas em bilhões, a fim de poder redigir sua coluna para um célebre jornal do qual era a editora de economia. Dominique tinha também um programa radiofônico e eventualmente aparecia no canal La Chaine Info. Era sempre estranho ver, na telinha, a mulher que compartilhava as noites dele discutindo acirradamente com outros jornalistas e mesmo, às vezes, com grandes empresários. Tinham se conhecido num estúdio da emissora de TV: Laurent fora convidado para falar de um livro lançado na estação anterior e Dominique esperava sua vez para o programa de economia. Ela havia lido o romance e gostado, e disse isso a ele. Na semana seguinte o autor faria uma sessão de autógrafos no Cahier Rouge e Laurent a convidara. Na hora de fechar a livraria, ela continuava ali. Os olhos dos dois se cruzaram naquela breve fração de segundo em que, sem pronunciar uma palavra, um homem e uma mulher que não se conhecem informam um ao outro que a noite ainda não terminou.

Bem, venha, já é tarde, disse ela, dirigindo-se para o quarto. Quando a abraçou na cama, Laurent não conseguiu se impedir de virar a cabeça para o armário onde havia escondido a bolsa, e, enquanto Dominique o beijava, a frase "Tenho medo de formigas vermelhas" se imprimiu em sua mente para não sair mais.

Laurent virou-se na cama e constatou que estava sozinho. Olhou o relógio: eram seis da manhã. Dominique acordava cedo, mas nunca saía antes das sete e sem se despedir dele. Laurent se levantou e a encontrou vestida, de pé diante da porta, pronta para ir embora. Já está indo? Sim, isso mesmo... Estou de saída. Por que você me olha desse jeito?, perguntou ele. Deixei um bilhete para você na mesinha de centro, respondeu friamente Dominique, apertando o cinto do casaco.

> *Laurent,*
> *Você, que gosta tanto de jurar, deve cuidar muito bem de sua filha e das finanças da livraria. Eu hoje me levantei muito cedo, fui me deitar um instantinho no sofá, e eis o que achei em cima do seu tapete. Talvez possamos voltar a falar disso... Ou não... Você resolve. Não vou dar o primeiro passo, isso eu lhe juro.*
> *Dominique.*

Embaixo da assinatura, Dominique havia deixado, bastante em evidência, o grampo de cabelo. Ao enfiar rapidamente de volta na bolsa todos os objetos, Laurent o deixara cair no tapete. Bom, você vai me dizer que o grampo é de sua filha, claro. Não, não é da minha filha, vou explicar, não saia daí, disse ele. Foi buscar a bolsa no armário e pousou-a ostensivamente sobre a mesinha. Cada vez melhor... murmurou Dominique, perplexa com a audácia de Laurent. Ainda por cima ela deixa as tralhas em sua casa. Nada disso, você vai rir. Vá em frente, me faça rir, Laurent. Achei esta bolsa na rua. Suponho que você está me gozando... O rosto de Dominique se tornara impassível de repente e Laurent sentiu a vertigem do acusado inocente em quem absolutamente ninguém acredita — nem mesmo seu advogado. Não, balbuciou Laurent, não é gozação, ontem de manhã achei esta bolsa na rua — Rue du Passe-Musette, para ser mais exato. Dominique fez que sim com a cabeça, devagarinho, mas seu olhar ficava cada vez mais frio. Uma bolsa cheia de coisas, na rua... Sim, roubada, foi roubada, replicou Laurent. E o que esta bolsa roubada foi fazer no fundo do seu armário? Laurent abriu a boca para responder, mas não teve tempo. E por que você não me contou ontem mesmo essa historinha pitoresca? Ora, porque... Porque não imaginava que eu encontraria em cima do tapete o grampo de cabelo da outra!, retorquiu Dominique, levantando o tom. Laurent ficou sem voz. A primeira coisa que senti aqui foi o perfume dela, recomeçou Dominique, percorrendo a sala com o olhar, eu devia ter desconfiado, sua cara estava esquisita... Não, nada disso, enfim, tudo bem, era um perfume, mas fui eu que o vaporizei, disse ele remexendo dentro da bolsa. Onde foi parar aquele frasco? Vou lhe mostrar, está aqui em algum lugar... A gente nunca encontra nada nas bolsas de vocês!, irritou-se Laurent. Pronto, achei!, exclamou triunfante. Pressionou a tampa do frasco e uma pulverização se espalhou na luz matinal. Estou impressionadíssima, comentou sobriamente Dominique, diga a ela que eu não gosto desse perfume. Paralisado no meio da sala, com o frasco preto de Habanita na mão, Laurent ouviu a porta bater.

De nada adiantou enfiar às pressas um jeans, uma camiseta e os mocassins para correr atrás de Dominique, que entrara num táxi que já dobrava a esquina da pracinha. O celular dela estava na secretária eletrônica e Laurent não deixou recado. Despencou no balcão do Jean Bart e ali encontrou Jean Martel, que acabava de retornar de uma feirinha matinal de usados. O antiquário havia disposto sobre o tampo várias tabaqueiras e agora as examinava com uma lupa de bolso. É como uma investigação, disse o velho comerciante, é preciso achar um indício e puxar o fio da meada. E qual é o indício?, perguntou Laurent com voz cansada. Nesta aqui há um brasão meio apagado, acho que se trata de um conde. Se eu o identificar, talvez haja uma boa surpresa no final. Laurent assentiu com a cabeça, pagou seu café e subiu de volta ao apartamento. A bolsa estava sobre a mesinha, ao lado do bilhete. Talvez possamos voltar a falar disso... Ou não... Você resolve. Estava resolvido, ligaria para ela mais tarde, ao longo do dia. Tudo era, principalmente, muito injusto, as aparências estavam contra ele, sem dúvida, mas ainda assim tinha o direito de se defender, de se explicar. Na verdade, era o que havia feito. Só que Dominique não tinha acreditado.

Depois de um café, abriu a caixa de mensagens. Novos spams logo se exibiram, entre eles, sem dúvida muito insistente, o dos guarda-chuvas para cães.

De: kloéstar@gmail.com
Para: laurent_letellier@hotmail.com
Assunto: Encontro comigo

Oi, livreiro intelectual,
De pé nossa combinação para quinta à noite? Venha me buscar às 18h em ponto na cafeteria "Chez François", é aquela com varanda perto do liceu, no alto à esquerda, em frente à árvore grande e à estátua, e onde almoçamos no mês passado. Escolha uma mesa na varanda, voltada para a rua. Primeira fileira. Vista o paletó preto e a camisa branca com o jeans 501 azul-petróleo que compramos juntos naquele sábado. Depois vamos jantar. Vai cozinhar o quê? Eu quero um *pot-au-feu*.* Bjs.
C.

    Laurent sorriu. Essa mensagem tinha todo o jeito de convite inescapável de uma amante autoritária. No entanto, não havia nada disso por trás daquelas linhas: era apenas sua filha de quinze anos. De temperamento enérgico, linda e "fundamentalmente manipuladora" segundo a mãe, Chloé havia encarado a separação dos pais à própria maneira: acho que é uma coisa razoável, havia declarado na época ao progenitor, do alto dos seus doze anos. Mas eu tampouco gostaria de sair perdendo. Como assim? O que você quer dizer? Quero o dobro de mesada. Como assim?, perguntara de novo Laurent. E, já que vou morar com a mamãe, quero um gato. Dessa vez, Laurent não tinha perguntado nada: sentara-se em sua poltrona de veludo e

---

* Espécie de cozido (carnes variadas e legumes), mas que não leva feijão. (N. T.)

contemplara aquele tiquinho de mulher que, segundo o que se sabia, provinha do cruzamento de seus genes com os de Claire. Alguma coisa devia ter sofrido uma mutação, quando criança ele jamais havia sido tão audacioso, aliás sua esposa também não. Tem uma gatinha branca para doação no prédio aí ao lado, havia anunciado Claire semanas depois. Não, não quero uma gatinha branca, quero um macho. Grande. Quero um Maine Coon. Claire havia comunicado essa exigência a Laurent, temperando várias vezes o discurso com "Sua filha...". Desde então Chloé vivia com a mãe e um Maine Coon, o maior dos felinos domésticos. Que nome você vai dar a ele, querida?, tinham perguntado Claire e Laurent. Pútin, respondera Chloé devagarinho, com um sorriso aparentemente inocente. Ah, não, você não vai dar um nome desses ao seu gato... Trabalho perdido. Pútin só saía do quarto da menina para ir até a tigela de ração ou até a caixa de areia, não permitia que ninguém o acariciasse, exceto Chloé, atravessava a sala com um ar desdenhoso para lixar as unhas no sofá, sob o olhar horrorizado de Claire, e depois retornava ao quarto para esperar sua dona.

Laurent teclou de volta: Sim, minha querida. Estarei lá. Conte com o *pot-au-feu*. E, por favor, não trate seu pai de livreiro intelectual... Beijo. No instante seguinte, ele se perguntou se alguma vez já respondera "Não, minha querida". Pegou atrás da estante sua mesa de jogos dobrável, instalou-a perto da janela e tratou de concluir o que havia começado na véspera. Pousou a bolsa sobre o feltro verde e tirou os objetos, arrumando-os um a um numa composição perfeitamente aleatória. Passou um dedo dentro de um compartimento minúsculo sem zíper, situado no forro, e ali encontrou dois tíquetes de metrô sem uso e um talão de lavanderia. A data da quinta-feira estava assinalada e a palavra "vestido" marcada por um círculo. Verificou na agenda. Com toda a certeza, era o talão do "vestido de alcinhas", mas fora arrancado de um bloco padronizado e não trazia nem nome do local nem endereço.

Qual a aparência dessa Laure que gostava de almoçar num jardim, tinha medo de formigas vermelhas, sonhava que fazia amor com seu animal de estimação — que se transformara num homem —, usava um batom coral e tinha um livro de Patrick Modiano

com dedicatória do autor? Laurent se viu diante de uma mulher-
-quebra-cabeça. Uma silhueta imprecisa, como se estivesse atrás de
uma vidraça coberta de vapor, um rosto semelhante àqueles que encontramos nos sonhos e cujos traços se embaralham quando tentamos rememorá-los.

Isso daí, se existir, é uma baranga. A frase caiu como uma mosca numa tigela de leite, e Laurent ergueu os olhos para o céu. Estava almoçando no Jean Bart com seu amigo Pascal Masselou. Seu "melhor amigo", segundo o título honorífico em vigor desde a adolescência de ambos. Depois, os anos foram passando. Pascal ainda merecia esse título? Pelo menos não tinha concorrente. Pensando bem, os dois homens não tinham muitos pontos em comum. O mais evidente se ligava à situação familiar e sentimental: divorciados. Quanto ao resto, tudo o que havia cimentado a amizade deles estava contido num parêntese que se fechara havia muito tempo. Bagunça nos bancos escolares, fantasias sobre garotas inacessíveis ou assim consideradas, gargalhadas e segredos compartilhados, cervejas no bistrô, diplomas universitários, tudo estava agora a anos-luz dos adultos que eles haviam se tornado. Tinham prolongado essa cumplicidade de outrora à maneira de dois jogadores de pôquer que continuam, tarde da noite, a mostrar suas cartas e a esvaziar copos, enquanto todos os outros há muito tempo já deixaram a mesa para ir dormir. Laurent havia contado a Pascal o episódio da bolsa, querendo acreditar por um instante que o outro encontraria naquilo o mesmo interesse que ele.

Por que você diz isso? Porque você não sabe quem é essa mulher e não saberá jamais, respondeu Pascal, mastigando sua *entrecôte*. Tem apenas uma bolsa e um nome, nenhum endereço e, principalmente, nenhuma foto. Eu, quando vou atrás de uma mulher, já sei quem ela é, tudo claro: fotos, idade, pontos em comum, profissão, cor dos olhos e dos cabelos, estatura, peso… Desde seu divórcio, Pascal havia descoberto na internet os sites de encontros. Inscrito na maioria deles sob diversos pseudônimos, expandia-se pela selva virtual dos classificados e várias vezes tentara convencer Laurent a aderir. O pseudônimo "Executsênior" no Meetic e no Attractive World — o site para *solteiros exigentes* — e outros mais evocadores e um tanto grotescos, como "Arrepios", "Jimmy", "Magnum" e "Thebest", respectivamente em: Adúltero.com, Infiéis.com, Ashleymadison.com e adoteumcara.com, dissimulavam o mesmo homem: Pascal. Disponível para as transas de finais de tarde e de fins de semana, ele se candidatava ao mesmo tempo a alguns encontros "sérios", livrando-se assim da consciência culpada.

Eu aproveito, costumava dizer, concluindo a observação com um sorriso satisfeito. Aos olhos de Laurent, Pascal simplesmente se deixara absorver por aquilo que o mundo ocidental podia produzir de pior, administrando sua vida sentimental, para não dizer sexual, à maneira de um gerente de produto de pequenas e médias empresas. Durante um almoço anterior, tinha mostrado a Laurent, em seu notebook, o fichário relativo ao assunto. Com um clique, havia aberto três arquivos diferentes, incrementados por fotos de mulheres: "Estoque", para aquelas com quem já havia transado; "Em andamento", para aquelas com quem tinha uma ligação, e "Objetivos", para aquelas com quem pretendia vir a ter alguma. Você está brincando, não acredito que monta esses arquivos... Claro que sim, Pascal apressara-se a dizer, isso exige muita organização, tenho até subcategorias: ninfomaníacas, tímidas, chatas, frígidas... Chega, não quero ver isso, reclamara Laurent. Pascal erguera os ombros e fechara o notebook. Para ele, Laurent tinha permanecido no "outro mundo", aquele do encontro casual, do sorriso trocado na varanda de uma cafeteria, ou o de uma conversa iniciada a respeito de um livro. Para Laurent, Pascal se tornara "o cafetão de si mesmo", postando nos sites umas fotos dignas de anúncio de roupas masculinas, sorridente, de frente, em pé, camisa aberta e paletó cinza sobre o ombro, quando não eram imagens de tronco nu, em calção de banho, tiradas cinco anos antes pela esposa numa praia da Córsega. Antes disso, havia marcado respostas para perguntas como: "Quais são, segundo você mesmo, suas três qualidades principais?" ou "Está procurando um encontro, a) sério; b) amigável; c) libertino?". Agora Pascal estava repisando os últimos eventos importantes de sua vida. O filho sofrera um acidente de *scooter* e a filha já não lhe dirigia a palavra desde que a irmã mais velha de uma de suas amigas lhe mostrara a foto do cara com quem se correspondia na internet e que afinal não era senão... Pascal. Quanto a Laurent, tinha desistido de levar o amigo até sua casa para mostrar a bolsa. Essa ideia, que lhe ocorrera antes do almoço, era evidentemente um erro. Ele não queria os olhos de Pascal passeando sobre os objetos da bolsa, e muito menos ouvir comentários desagradáveis: tralha de mulher careta, você está perdendo tempo, por que não joga isso tudo no lixo? Quer uma aventura? Crie um perfil num site.

A propósito, Dominique vai bem? Sim, muito bem, obrigado, respondeu sucintamente Laurent. Eu a ouvi hoje de manhã no rádio, que análise precisa! Uma mulher inteligente e bonita, você tem mesmo sorte. Os dois foram feitos um para o outro, concluiu Pascal, esvaziando sua tigela de *béarnaise*. Laurent não disse sim nem não. A única concessão que podia fazer ao amigo era que, no fundo, ele não estava errado: sem carteira de identidade, nem fotos, a mulher da bolsa lilás permaneceria um mistério com grande possibilidade de naufragar dentro em pouco, junto com os objetos encontrados.

Um jardim. Um jardim muito parecido com o da casa de sua infância. No entanto, não era exatamente o mesmo. Nesse, havia uma espécie de fonte artificial lá no fundo, perto da mureta de tijolos. Concentrando-se, ela podia até ouvir a água correndo sobre as pedras. Parecia-lhe que um gato siamês bem grande dormia ao sol, junto dos seus pés descalços. Embora a impressão fosse das mais singulares, não havia dúvida, ela se encontrava naquele jardim. O contato do gramado em sua pele era muito real. Aquele gato que ela não via e que dormia encostado aos seus pés só podia ser Sarbacane.

Seus pais também estavam ali. Em algum lugar perto da árvore alta sob a qual instalavam a mesa para os almoços de verão. O pai ia ao mercado na praça, comprava ostras e santolas. Ele mesmo abria as ostras, enquanto a mãe cozinhava as santolas num caldo aromatizado com folhas de louro. As carapaças ficavam totalmente vermelhas. E, quando se pingava uma gota de limão na membrana da ostra, esta se encolhia. Isso prova que está bem fresca, dizia o pai. A hora do almoço se aproximava e os relógios de pêndulo haviam parado em algum momento no início dos anos 1980, desde então nenhum ponteiro se mexera um só milímetro. Os trinta anos escoados tinham desaparecido. Laure havia sonhado que se tornara adolescente, em seguida adulta, e tinha uma profissão, um apartamento cujas despesas ela mesma pagava. Que heresia, ninguém paga as despesas quando ainda é uma menina. Nessa idade, os únicos problemas que a gente pode enfrentar estão ligados à matemática e à ortografia das redações — o particípio passado empregado com o auxiliar *avoir* concorda com o objeto direto quando este vem antes do verbo — Mas por quê? Porque é assim. Certo, mas por quê? Ora, pare de fazer perguntas idiotas, é assim e ponto final, você aprende e fim de papo, não nos aborreça com essas perguntas, Laure. Ela havia sonhado com todos os encontros, todos os atalhos que a tinham conduzido ao silêncio do ateliê Gardhier. Havia sonhado que um dia conhecera Xavier Valadier. Eu sou repórter de guerra, faço fotos in loco. Deve ser muito perigoso... Sim, às vezes, sorrira ele. Aquele sorriso doce e triste, logo acompanhado por duas covinhas, deixou-a transtornada. Assim como os olhos dele, que sem dúvida tinham visto muita gente morrer mundo afora. Ela havia sonhado com aquele "Book" com fotos de afegãs cobertas por véus, de crianças nas ruínas da Chechênia, de combatentes do Hezbollah no Líbano. E com aquela de Xavier posando ao lado de Ahmed Shah Massoud. Este nome: Ahmed Shah Massoud, pronunciado à maneira árabe, com a língua vibrando por trás dos incisivos. Tudo isso havia sido apenas um sonho. Assim como, cinco anos mais tarde, o telefone do apartamento tocando às sete e vinte da manhã, e a voz da mulher do Ministério das Relações Exteriores. Aquela voz embaraçada, hesitante, aquela voz em que o medo era perceptível. Aquela voz que lhe anunciaria, isso ela compreendeu de imediato ao ouvir a entonação, que sua vida iria desmoronar nos próximos segundos. À maneira daqueles blocos de gelo de várias toneladas que se soltam dos icebergs nos primeiros derretimentos e desabam em silêncio nas águas geladas da Antártica. Aquela voz que disse: "Aconteceu uma coisa com seu marido no Iraque, algo grave, muito grave...". Houve um longo silêncio, após Laure ter pronunciado estas palavras: "Ele morreu... Foi isso?". Seguiram-se um silêncio mais curto e as palavras: "Sim, minha senhora".

Xavier também estava lá, no jardim, Laure tinha certeza de ouvir a voz dele ao longe, perto da árvore. Ele conversava com o pai dela. A mãe estava na cozinha, e Sarbacane devia agora se esfregar em suas pernas para ganhar um pouco de santola. Tudo era tão real naquela tarde de verão... e no entanto a casa fora vendida havia muito tempo e todos estavam mortos. O gato Sarbacane estava enterrado no fundo do jardim, perto da mureta de tijolos, ali onde ficava aquela curiosa cascata que jamais existira. Os pais de Laure se encontravam no cemitério de Montparnasse, e as cinzas de Xavier tinham sido espalhadas num dia de muito vento, às primeiras horas da manhã, no cabo de La Hague. De repente, os sons que lhe chegaram não tinham mais nada a ver com os do jardim. Duas vozes femininas trocavam impressões sobre os últimos episódios de um seriado americano. Ambas concordavam quanto ao charme incrível do ator que interpretava o protagonista. Uma das duas não poupava elogios aos cabelos grisalhos e à voz autoritária dele. Um homem mesmo, daqueles de verdade, exclamava. Não, decididamente não estávamos no início dos anos 1980. Baulieu diz que ela deveria sair disso dentro de setenta e duas horas. A família veio vê-la? Um sujeito alto e magro, de cabelos curtos, descoloridos, despencou aqui ontem à noite, em pânico, respondeu a outra voz, um cara meio gay, aliás, completamente. Ficou o tempo regulamentar, disse que ela é sua irmã, mas os dois não têm o mesmo sobrenome. William, quis dizer Laure. É William. Mas nenhum som saía de sua boca. Nada. Então, sem querer, ela voltou ao jardim. As santolas estavam prontas e a mãe lhe pedia, ao longe, que se encarregasse do vinho branco. Ela se levantou do gramado e foi até a cozinha. Sentiu a cerâmica fria nos pés descalços e depois, ao abrir a porta da geladeira, viu que seu pai tinha colocado ali dentro duas garrafas de Pouilly Fuissé.

Naquela estação, pouca gente ficava na varanda da cafeteria, e Laurent escolheu uma mesa da "primeira fileira", ou seja, voltada diretamente para a calçada. Instalou-se perto de um dos queimadores a gás que guarneciam o local para aquecer os fregueses. Paletó preto, camisa branca, jeans Levi's e uma echarpe azul presenteada por Claire dez anos antes, portanto tudo aconteceria do jeito como a filha queria; eram quase dezoito horas. Pediu um expresso e, para passar o tempo, começou a observar os clientes ao redor. Alguns homens que haviam saído de seus escritórios antes do horário bebiam cerveja. Tinham o rosto cansado mas se obrigavam a rir, trocando fofocas do trabalho. Uma mulher sozinha, poucas mesas adiante, parecia concentrada na tela de um e-reader. Laurent virou imperceptivelmente a cadeira e se inclinou para ela. O aparelho permitia baixar uma biblioteca inteira e transportá-la dentro de uma bolsa. O livro de papel resistiria a essa maravilha tecnológica? Apesar do bom volume de negócios do Cahier Rouge, às vezes Laurent duvidava.

    Mochila preta às costas, jeans desbotado, cinto tacheado, botinas com salto, em camurça clara — o que havia sido tema de discórdia com a mãe —, a jaqueta preferida, azul-celeste, e, por baixo, um suéter preto constituíam uma das indumentárias habituais, que no entanto, segundo Claire, Chloé levava mais de meia hora para escolher, todas as manhãs. Ela estava um pouco adiantada em relação aos colegas plantados no começo da rua, diante da entrada do liceu, fumando um cigarro, no caso dos maiores. Tendo chegado à mesa de Laurent, depositou pesadamente a mochila e se instalou: E então, livreiro, vendeu muitos exemplares? Não vai me dar um beijo? Sim, mas depois, disse ela, virando-se para o final da rua, agora estou cansada, foram sete horas de aula, você não faz ideia, um horror. Tem razão, não posso fazer ideia, murmurou Laurent. E estou com sede, emendou Chloé, estou morta, completamente desidratada, quero um *panaché*.* Nem pensar, nada de álcool nas varandas de cafeteria. Uma limonada? Permitido. A senhorita vai beber alguma coisa?, perguntou o garçom. Sim, uma limonada feita na hora, com duas pedras de gelo e uma rodela de limão, e um canudinho também. Pois não, vamos preparar, senhorita... respondeu o garçom, dirigindo a Laurent um olhar irônico. Chloé virou rapidamente a cabeça para o final da rua e se voltou de novo para o pai. Está esperando alguém? De jeito nenhum, defendeu-se ela imediatamente, por que você diz isso? Por nada... Fiz um *pot-au-feu*. Genial! É o melhor *pot-au-feu* do mundo. A cada inverno, Bertrand faz vários, mas erra todos, aquele veado. Não seja grosseira, por favor. Chloé não passou recibo e virou-se de novo para o liceu. Bertrand era o novo homem na vida de Claire. Era fotógrafo e fazia exclusivamente imagens de pratos preparados. Seus clientes iam dos melhores donos de restaurantes à indústria de congelados. Com certeza Bertrand sonhara se tornar o novo Richard Avedon ou Guy Bourdin — ter modelos e celebridades diante de sua objetiva; mas devia se limitar a focalizar rosbifes ao molho de cogumelos *chanterelles*, quando não eram filés de badejo *au beurre blanc*. Havia, porém, fundado sua própria firma, empregava seis pessoas e ganhava a vida regiamente, tendo açambarcado todo o mercado da foto gastronômica de alta categoria. Também não lia nada, afora as revistas ligadas à fotografia ou à culinária.

Laurent olhou sua filha: a maquiagem discreta sobre os traços impecáveis, a linha do nariz — dinâmica sem ser muito brusca —, os olhos amendoados, as sobrancelhas delicadas, a boca fina e bem desenhada. Ela se tornara uma pessoinha muito bonita. Além disso, tinha as mãos de Claire, delgadas e longas, de pulsos tão finos que a maioria das pulseiras de relógio precisava de dois furos suplementares. Está de pulseira nova, observou Laurent. Pois é, você viu? Uma graça, é uma nova marca super na moda, adoro *demais*. Duas jovens louras de cabelos compridos, minissaia e tênis, mochila nas costas, subiam agora a rua em direção à cafeteria. O garçom pousou

---

* Aqui, bebida que mistura cerveja e limonada. (N. T.)

cerimoniosamente o copo de limonada, com duas pedras de gelo, uma rodela de limão na borda e um canudinho cor-de-rosa. Genial, comentou Chloé, e aproximou sua cadeira da do pai. É superlegal a gente estar aqui, juntos, acrescentou, encostando-se ostensivamente a ele. Sim, eu sempre fico muito contente por estar com você e também muito orgulhoso, respondeu Laurent com um sorriso.

As duas garotas se detiveram de chofre diante da mesa. Chloé ergueu os olhos para elas. As garotas se entreolharam, em silêncio, e em seguida se voltaram para Laurent. A loura de cabelo mais curto se adiantou: O senhor é o pai de Chloé, não?, perguntou, com uma vozinha arrogante. No mesmo instante, por baixo da mesa, um salto de botina de camurça se abateu sobre o mocassim direito de Laurent. Ele ficou paralisado, antes que a dor lhe chegasse ao coração, e virou o rosto para Chloé. Conhecia a filha bem demais para ignorar o que expressavam aqueles olhos que o encaravam fixamente: aflição e súplica. "Sim, sou o pai dela; bom dia, senhoritas; com quem tenho a honra de falar?" não era, sem dúvida alguma, a resposta certa. Na fração de segundo que lhe restava para replicar, e enquanto o salto se recusava a relaxar a pressão, Laurent teve tempo de dizer a si mesmo que, não, sua filha não se atreveria. Mas ao mesmo tempo uma voz interior lhe respondia: engana-se, Laurent, você a conhece, é claro que é isso mesmo. O que acha que poderia ser?

Então, virou-se devagarinho para as moças: por que essa pergunta, senhoritas?, respondeu, com um sorriso frio. Bom, há... por nada, gaguejou a loura de cabelo mais comprido. Ele não é meu pai, é meu namorado, soltou Chloé com uma voz altiva, mas agora vocês podiam nos deixar em paz, não?, acrescentou, falsamente irritada, retirando afinal o salto de cima do mocassim do pai. As duas jovens recuaram um passo cada uma, sem tirar os olhos de Laurent. Lamentamos muito, murmurou a de cabelo mais comprido, desculpem, emendou a outra, lívida, estamos indo, e atravessaram rapidamente a rua, lado a lado. Laurent as viu afastar-se pela calçada em frente, agora conversando com gestos agitados, e uma empurrou com raiva a outra. A maior vergonha da minha vida!, guinchou ela, enquanto a noite caía. Hoje as duas vão cortar os pulsos, essas nojentas, comentou Chloé devagar, com um sorriso sardônico.

Fazer o pai passar por seu namoradinho. Era o cúmulo. No entanto, durante o trajeto de carro, todos os argumentos de Laurent se esfarelaram um a um contra as alegações da filha: Ele não percebia que, *em sua época*, era *diferente*. A época de Laurent era a da pré-história: um mundo sem tecnologia em que as pessoas, para se falar, telefonavam *para a casa dos pais*, um mundo em que as garotas bonitas faziam seu coração disparar e sobretudo deixavam você paralisado, um mundo em que o suprassumo da transgressão era arranjar as revistas *Lui* ou *Playboy* para admirar, em página dupla, mulheres nuas de cinta-liga em poses lascivas. Não havia nada disso no mundo de Chloé: a lhe dar ouvidos, à exceção de sua amiga Charlène, a população do liceu era constituída somente de putinhas presunçosas, preocupadas apenas com problemas de esmalte de unhas. Quanto aos garotos, estes não passavam de um bando de virgens psicopatas que assistiam sem parar a vídeos pornô-hard na internet e viviam convidando-a para pôr em prática aquelas cenas edificantes. Depois do episódio da cafeteria, ela acabava de se tornar "intocável", mais ninguém se atreveria a abordá-la, e finalmente lhe dariam paz. A informação, agora confirmada, de que havia em sua vida um namorado mais velho, e ainda por cima gatésimo, não levaria mais do que alguns segundos para circular pelo liceu — segundo ela, provavelmente já estava no Facebook.

  Sim, tinham lhe perguntado quem era ele, nas vezes em que Laurent viera buscá-la no liceu. Sim, um dia ela havia dito que ele não era seu pai. Sim, tinha pedido deliberadamente que ele se instalasse naquele ponto da varanda para que aquelas nojentas a vissem em sua companhia. Não, não imaginara que se atreveriam a puxar conversa. E obrigada por ter feito o jogo, você é um cara genial. Um cara genial, grunhia Laurent. Depois, quando ouviu: "Seja como for, afinal é hiperlisonjeiro para você", hesitou entre a palmada e a desistência. Para passar uma noite agradável, escolheu a segunda opção.

O que é isto aqui?... Enquanto Laurent seguia para a cozinha a fim de aquecer o *pot-au-feu*, Chloé se aproximou da mesa de jogo. É o conteúdo de uma bolsa, respondeu Laurent lá da cozinha, antes de ir ao encontro dela na sala. Achei na rua. Tenho loucura por este batom, mas mamãe não me deixa usar, murmurou Chloé. E este espelhinho... é *demais*! A bolsa foi furtada, não restou nenhum documento de identidade, só mesmo coisas de uso pessoal, está tudo aí... Chloé passava as mãos sobre os objetos, tocava as chaves, os dados, a *Pariscope*, as pedrinhas, e por fim abriu a caderneta vermelha, numa página qualquer.

> *Gosto da noite que cai tarde, no verão.*
> *Gosto de abrir os olhos quando nado embaixo d'água.*
> *Gosto dos nomes Trans-Siberian Express, Trans-Orient Express (nunca viajarei neles).*
> *Gosto do chá Lapsang Souchong.*
> *Gosto dos docinhos de morango Tagada.*
> *Gosto de ver os homens dormindo depois de fazer amor.*
> *Gosto do aviso* MIND THE GAP *no metrô de Londres.*

Eu gostaria de encontrar a dona, interrompeu-a Laurent, a única pista que tenho é esta, disse ele, mostrando o talão de lavanderia, corresponde a uma data na agenda, ela deve ir buscar um vestido de alcinhas por esses dias, mas não há nenhum nome de lavanderia. Laurent havia refletido muito sobre essa história de vestido. Tinha concluído que precisava delimitar certa quantidade de tinturarias num raio de aproximadamente um quilômetro. A hipótese era a seguinte: Laure é furtada, o homem foge correndo, levando a bolsa, toma uma distância de várias ruas, remexe ali dentro, tira a carteira com o dinheiro, o cartão do banco e os documentos de identidade, que podem ser negociados, pega também o celular, talvez mais uma ou duas coisas de valor, e em seguida larga a bolsa sobre uma lixeira e vai embora. Laurent tinha achado a bolsa na parte da manhã, portanto o furto havia acontecido ou pouco tempo antes ou na noite anterior. Partindo desse princípio, era possível levantar outras duas hipóteses: ou Laure estava de passagem pelo bairro, ou morava por ali. Se fosse esse o caso, deveria ir a uma lavanderia relativamente próxima de sua residência — uma lavanderia que talvez a conhecesse pelo sobrenome.

Examine os objetos, Chloé, você é mulher, tente ver o que eu não vejo. Talvez haja alguma coisa em tudo isso que me permita chegar até ela. Você não sabe realmente nada? Só o primeiro nome: Laure. Na cozinha, a panela apitou. Volto já, disse ele, deixando-a diante da mesa de jogo. O *pot-au-feu* estava começando a ferver, dali a poucos minutos ele jogaria ali dentro os legumes semicozidos na véspera: cenoura, batata, alho-poró, nabo, aipo, e também dois ossos com tutano. Autografado com dedicatória!, gritou Chloé. Enquanto tirava do guarda-louça a travessa para legumes, Laurent sorriu. Havia feito a filha descobrir a leitura desde a mais tenra idade. Das *Histórias do gato sentado*, de Marcel Aymé, tinham passado a *Harry Potter*, emendando com os romances de Edgar Poe e em seguida com a poesia — Baudelaire, Rimbaud, Prévert, Éluard —, antes de voltar ao romance com Proust, Stendhal, Camus, Céline e outros, para finalmente abordar os textos contemporâneos. Se em alguma coisa ele tinha obtido sucesso na educação dela, era isso. Chloé chegava até a fazer descobertas sem que ele a orientasse; há pouco tempo iniciara, segundo suas próprias palavras, uma "trip Mallarmé", definindo os poemas herméticos deste como "mais fortes que a música de Alain Bashung". Laurent experimentou o caldo na ponta da concha, acrescentou uma pitada de sal e jogou os legumes. Vinte minutos em fogo baixo, e eles alcançariam o ponto ideal de cozimento. Abriu uma garrafa de Fixin e serviu-se um copo, enquanto um torpedo retinia em seu celular. Dominique. Ela não tinha respondido à mensagem dele da véspera, nem à anterior, dois dias antes. Hoje à noite, talvez...?, Dominique havia escrito agora. Laurent tomou um gole de vinho. Vou jantar com minha filha, respondeu, e enviou. Nos minutos seguintes, não veio nenhum retorno.

    Chloé apareceu na moldura da porta e se encostou ao lambri. Prove, disse ele, estendendo-lhe o copo: *bourgogne*, Fixin, reserva *monseigneur* Alexandre 2009, presente de um cliente. Ela agitou o vinho, cheirou-o como Laurent lhe ensinara, bebeu um gole e aprovou com um imperceptível movimento de cabeça, exatamente como o pai fazia nos restaurantes. Considerando os produtos de maquiagem, a dona dessas coisas deve ter uns quarenta anos, começou, sem contar a escolha de uma bolsa Karzia safári. Uma piranha de trinta anos não escolheria isto, e uma com mais de quarenta muito menos. Pare com esse linguajar, aqui você não está no liceu. Mas continue, disse Laurent, bebendo um gole de vinho. Chloé suspirou e prosseguiu: Ela é muito apegada ao passado, o espelho é antigo, uma lembrança de família, o espelhinho da avó, talvez, o perfume não é comum, ninguém mais usa Habanita, ela escreve coisas espantosas na caderneta, ganha dedicatória no romance de um autor que você venera... É uma mulher para você, concluiu, com um sorriso irônico. Eu esperava coisa melhor ao lhe mostrar isto, respondeu Laurent com frieza. O.k., disse ela, não se empolgue, sua ideia de lavanderia não é ruim, mas você tem coisa melhor a fazer. Estou ouvindo, comentou Laurent, inclinando-se sobre o fogão. Você precisa procurar Modiano. Laurent deu de ombros. Está me ouvindo? Falo sério, você tem que perguntar, ele é o único que a viu, deve se lembrar dela. Não conheço Modiano, Chloé, retrucou Laurent, baixando o fogo da panela. Você conhece um monte de escritores, ele mora na mesma cidade, não deve ser difícil descobrir onde, não? Acho que é perto do Luxembourg, mas não tenho o endereço. Pergunte ao editor dele. De jeito nenhum, Chloé, não me dariam nunca. Vire-se, porque é ele que você tem que achar. Chloé afanou da mesa o copo de vinho e tomou outro gole. Está apaixonado?, perguntou, após um silêncio. Apaixonado por quem?, respondeu Laurent, levantando a tampa da panela. Pela mulher da bolsa lilás. Claro que não, só quero devolver a bolsa, traga os pratos. Chloé pousou o copo e colocou os pratos sobre a bancada. Como vai Dominique?, perguntou docemente. Estamos meio frios um com o outro, comentou Laurent com discrição. Ela viu a bolsa?, perguntou Chloé de imediato. Por que você quer saber isso? Porque, se viu, ela pode se apavorar. Laurent olhou a filha, com a concha suspensa no ar. Ela pode ter medo de você querer conhecer essa mulher, esclareceu Chloé devagar, destacando cada sílaba. Laurent serviu a comida nos pratos. Vamos falar de outra coisa.

Duas horas tinham se passado. O *pot-au-feu* havia sido qualificado de *melhor do mundo* e a mensagem enviada a Dominique ficara sem resposta. Chloé estava agora refestelada no sofá, de camiseta e meias soquete. Havia ligado a televisão e assistia a um *reality show*. Mulheres da cidade iam ao encontro de camponeses com um objetivo — meio duvidoso — de seduzi-los e, eventualmente, resolver a vida com eles. Entre descoberta de úberes de vacas e passeios bucólicos pela floresta, esses casais improváveis se declaravam diante dos cameramen e dos técnicos de som, que não perdiam uma sílaba. O fato de esses homens, moradores de lugarejos isolados, em que não se pode passar de mobilete em frente às janelas dos vizinhos sem ser imediatamente identificado, se entregarem diante de milhões de telespectadores a tentativas de cantada tão impudicas quanto desajeitadas era para Laurent um enigma. O que eu quero dizer... é que você me atrai muito, arriscava timidamente um sólido rapagão com cabelos à escovinha. Ah, sim, surpreendia-se a mulher, estou emocionada, Jean-Claude, mas, como direi... Eu preferia que ficássemos amigos. Podemos nos escrever?, acrescentava ela, com falsa jovialidade. O agricultor acusava o golpe. Fitava o horizonte das colinas do Auvergne e, com toda a certeza, não parecia lá muito devorado por pulsões epistolares. Não vai ficar com raiva de mim?, desmilinguia-se a mulher, com a piedade de uma mãe que recusa mais um docinho ao filho. Não, claro que não, murmurava Jean-Claude. Vai assistir a essas bobagens por muito tempo?, suspirou Laurent. Não reclame, eu adoro, respondeu Chloé. O celular dela tocou, sua amiga Charlène sem dúvida estava vendo o mesmo programa. Tem razão, sim, sim, parece com ele, é ele, exclamou Chloé, antes de soltar uma gargalhada. Laurent se lembrou de suas conversas com Pascal, no tempo do liceu, pelos telefones fixos dos pais deles. Se realmente havia uma coisa que definia o parêntese adolescente eram as gargalhadas. Depois dessa idade, nunca mais rimos assim. A consciência brutal de que o mundo e a vida são completamente absurdos desencadeia esses ataques de riso de tirar o fôlego, ao passo que a mesma ideia, vinte anos mais tarde, só provocará um suspiro resignado.

De: Lecahierouge@gmail.com
Para: librairie_Pageapage@wanadoo.fr
Assunto: Pergunta

Bom dia, Jean,
Uma pergunta simples: foi você que me disse que frequentemente encontra Modiano pela manhã, no Jardin du Luxembourg?
Laurent.

De: librairie_Pageapage@wanadoo.fr
Para: Lecahierouge@gmail.com
Assunto: Pergunta

Olá, Laurent,
Sim, fui eu mesmo. Inclusive passei por ele na segunda-feira. Você deu sorte, estou vendo no catálogo Électre que lhe resta um exemplar do *Éloge de la beauté* de Paul Kavanski. Tenho um ótimo cliente que deseja esse livro para hoje à tarde sem falta. Pode separá-lo para mim?

De: Lecahierouge@gmail.com
Para: librairie_Pageapage@wanadoo.fr
Assunto: Pergunta

Pode deixar, eu reservo o Kavanski para você. Outra coisa: a que horas você costuma ver Modiano e em que ponto do Jardin?

De: librairie_Pageapage@wanadoo.fr
Para: Lecahierouge@gmail.com
Assunto: Pergunta

Vou lhe mandar o cliente, chama-se Marc Desgranchamps. Obrigado! Quanto a Modiano, sempre o vejo por volta das nove da manhã, muitas vezes em frente à Orangerie. O que você quer com ele?

É complicado, isso que o senhor me pede. Realmente, não me lembro... Quer dizer... sim, um pouco. Sim... foi há duas semanas, talvez um pouco mais... atrás do Odéon, estava chovendo, ela me parou na rua, para pedir que eu... autografasse o livro. Tirou-o da bolsa. Parecia meio tímida, enfim... pouco à vontade, não, não era isso... enfim, percebia-se que ela não fazia aquilo todos os dias, e eu também não. Estávamos ambos um tanto assim... Não sabíamos muito bem... o que dizer um ao outro... Havia uma luz muito bonita, amarela, acho que por causa da chuvarada... ela deve ter uns quarenta anos, usava uma espécie de... gabardine preta, tinha cabelos castanhos que iam até os ombros... olhos muito claros, talvez cinza-azulados... e uma pele pálida, era bonita, chovia... o rosto estava molhado... tem um sorriso lindo, não é muito alta e tem um sinal à direita do lábio superior, usa um batom... vermelho, é claro, mas puxando para o coral, sapatos de salto alto com tirinhas. Sem meias... enfim... é o que eu lembro.

  Houve um silêncio. Laurent o encarava fixamente. Só mesmo um homem como Patrick Modiano podia anunciar que não se lembrava da mulher encontrada na rua e, no instante seguinte, dar a você uma descrição que todos os investigadores policiais do país invejariam. Obrigado, disse Laurent à meia-voz. Modiano continuava a olhá-lo com aquela inquietação vaga que jamais deixava suas pupilas. Mas enfim... a iniciativa do senhor... Esperar por mim desse jeito, no Luxembourg... Aconteceu alguma coisa com ela?

  Quanto à sua iniciativa, Laurent preferia não refletir muito. Aliás, tinha tomado três cafés no Rostand e um vinho quente para criar coragem. Era o segundo dia em que ele ficava de tocaia no Jardin du Luxembourg, à maneira daqueles ornitólogos fanáticos que praticam o *birdwatching* — o qual consiste em observar pelo binóculo uma "ave rara", sem sequer fotografá-la, pois a simples visão do animal constitui por si só o acontecimento excepcional e a recompensa após uma espera de longos dias, às vezes semanas. Para Laurent, a ave rara era o ganhador do prêmio Goncourt 1978. Na véspera, nenhum Modiano havia aparecido no Jardin, e Laurent voltara ao seu arrondissement por volta das nove e meia da manhã. Hoje, tinha deixado a cama de madrugada e esperado pacientemente desde as sete, até que por fim a longa silhueta apareceu no final da alameda. Laurent se levantou do banco, experimentando a emoção dos fanáticos que um dia conseguem observar o raríssimo rouxinol-de-bico-grande. Para falar a verdade, mais do que isso: foi como se ele tivesse acabado de avistar um espécime do mítico pássaro dodô, desaparecido desde o fim do século XVIII.

O autor de *Villa triste* deambulava com as mãos nos bolsos de seu impermeável, parecendo fitar um ponto muito além do horizonte do parque. Um ventinho se levantou e despenteou seus cabelos já grisalhos. Laurent apertou na mão o exemplar de *Accident nocturne* e se adiantou em direção ao escritor. Nenhuma frase inteligente lhe ocorria para deter a marcha em linha reta de Modiano. Atrair sua atenção já seria bom, imaginou, quando os olhos do escritor cruzaram com os dele. Laurent exibiu um sorriso que lhe foi retribuído por um fugaz movimento dos lábios. Nesse instante, as palavras saíram por conta própria: Bom dia, com licença, começou Laurent, enquanto Modiano recuava imperceptivelmente um passo, à maneira daqueles animais de estimação que, temendo de repente que alguém queira acariciá-los, já vão preparando a fuga. Laurent lhe apresentou o exemplar de *Accident nocturne* como se este fosse uma credencial da polícia, bem na cara dele. Não tenha medo, disse, é só uma pergunta que eu queria lhe fazer, meu nome é Laurent Letellier, sou livreiro, mas o assunto não tem nada a ver com minha profissão. Faço isso porque estou procurando uma pessoa. Patrick Modiano ajeitou seu impermeável e, meio desconcertado, encarou Laurent. Sim... Pois não... Estou ouvindo.

Com o coração disparado, Laurent contou a história da bolsa encontrada. Ah, sim... Uma bolsa de mulher... Abandonada...

em plena rua. A angústia parecia subir ao rosto de Modiano, como se esse episódio da bolsa o perturbasse tanto que não o deixaria dormir à noite. Com sua investigação amadorística, Laurent havia perturbado a manhã de um dos maiores escritores vivos. Desculpou-se várias vezes, a cada segundo ficava mais ciente do absurdo de sua iniciativa. Por fim, quando ele estava prestes a sumir dali, Modiano começou: É complicado, isso que o senhor me pede. Realmente, não me lembro... Quero dizer... sim, um pouco. Agora os dois caminhavam lado a lado. Sim... seria bom... poder encontrá-la, para devolver a bolsa, porque assim... o círculo se fecharia, pensava alto Modiano. Trocaram algumas banalidades sobre o tempo e a manutenção do parque no inverno. Bom, eu realmente não o ajudei... Claro que sim, o senhor me ajudou bastante, disse Laurent, e obrigado, muito obrigado por todos os seus livros. Obrigado, murmurou com calma Modiano, olhando-o, e... Boa sorte em sua busca. Trocaram um aperto de mãos, e Modiano acrescentou — seguramente por pura gentileza — que um dia talvez aparecesse na livraria, se ela estivesse em seu caminho. Laurent o viu afastar-se, houve mais um golpe de vento, a aba do impermeável do escritor foi varrida por um movimento harmonioso, e por fim ele desapareceu na esquina, como que engolido pelas grades do parque.

Havia feito alguma coisa. Havia aceitado o desafio de sua filha. No entusiasmo do momento, Laurent decidiu percorrer as lavanderias. Era quinta-feira, e o vestido de alcinhas estava pronto. De volta ao Cahier Rouge, anunciou a Maryse e Damien que iria se ausentar por algumas horas. Após ter delimitado nove lavanderias em um raio de mais ou menos um quilômetro, imprimiu a planta do arrondissement a partir do Google Maps, na qual cada estabelecimento estava ordenadamente assinalado por uma cruzinha, e foi em frente. Alguns trajetos pelo metrô, outros a pé, e a caça ao tesouro estaria encerrada antes do meio-dia.

    Adiantado em relação ao horário imaginado, às onze em ponto ele caminhava pela sua rua, trazendo com cuidado um cabide no qual flutuava ao vento um vestido branco embalado no plástico translúcido da Aphrodite Pressing, "cuidar de suas roupas é assunto nosso". Tinha estado em seis tinturarias. Nas quatro primeiras lhe informaram que o talão não era de lá, na quinta haviam trazido a Laurent uma série de sete gravatas Hermès lavadas e passadas. Se por um lado representava incontestavelmente uma das joias da marroquinaria, a célebre *maison* sempre se obstinara em produzir, na opinião de Laurent, as mais horrorosas gravatas do mundo: imagens de raposas, escargots, cavalos, cãezinhos se exibiam diante dos seus olhos sobre fundos de seda amarelo-mostarda e azuis. Fosse como fosse, o número 0765 do talão correspondia ao das gravatas. Instalou-se o quiproquó, até que o dono compreendeu que o talão não podia provir de seu estabelecimento. Já a mulher da sexta tinturaria recebera o papelzinho, trouxera o vestido de alcinhas sem fazer comentários e cobrara de Laurent doze euros. À pergunta que ardia nos lábios dele, a resposta havia sido tão simples quanto decepcionante:

Não, não tinha lembrança da pessoa que trouxera aquele vestido. Lamentava muito.

Um primeiro nome, e agora um rosto e algo mais: cabelos castanhos até os ombros, tez pálida, olhos muito claros, talvez cinza-azulados, bonita, um lindo sorriso, um sinal à direita do lábio superior. Não é muito alta. Mas nenhum sobrenome, nada. Laurent, embora hipnotizado pelo encontro com Modiano e orgulhosíssimo pelo sucesso da operação tinturaria, devia reconhecer que havia usado todas as suas cartas. De volta ao apartamento, pendurou o vestido na porta da estante, recuou, avançou de novo e o tirou dali para mantê-lo perto. Calculando aproximadamente a estatura de Laure, segurou o vestido à altura dos próprios ombros. A porta envidraçada da estante devolvia o reflexo, à maneira de um daguerreótipo antigo no qual o rosto e o corpo da mulher se tivessem apagado ao longo dos anos, deixando apenas a imagem do vestido dela. Tendo o homem permanecido, a imagem era a de um homem e sua mulher-fantasma. Por trás do vidro, contra a luz, viam-se todos os fragmentos de romances que Laurent colecionava, as brochuras antigas, as edições originais, as coleções Pléiade, os romances com dedicatória dos autores que haviam feito sessões de autógrafos no Cahier Rouge. Embora tivesse outros livros no apartamento, aquela estante guardava aqueles de que mais gostava. Até tomava o cuidado de não fazer coabitarem autores que não se entendiam. Assim, Céline não podia ser colocado junto de Sartre, nem Houellebecq junto de Robbe-Grillet. Essa imagem dele mesmo, posando de pé junto a um vestido vazio, sugeriu-lhe um título tomado de empréstimo a John Irving: *The Imaginary Girlfriend*. O livro não contava a história de um livreiro que acha a bolsa de uma mulher desconhecida, mas as lembranças estudantis de Irving, suas primeiras aulas de literatura e sua descoberta da luta greco-romana. Laurent pendurou de novo o vestido e virou-se para a mesa de jogo. As pedrinhas, o espelho, a nécessaire de maquiagem, as chaves e sua plaquinha em hieróglifos, a *Pariscope*, o caderninho de pensamentos, o livro de bolso de Modiano, a esferográfica Montblanc, a presilha de cabelos com a flor azul, a receita de moleja de vitela, o saquinho de balas de alcaçuz. Pegou uma. Não iria conseguir mais nada. A busca se encerrava ali. Sem o sobrenome, aquilo nunca avançaria. A ideia de ter que arrumar todos os objetos dentro da bolsa, um a um, para levá-la à Rue des Morillons era tão odiosa como se se tratasse de levar um animal à Sociedade Protetora sob o pretexto de não poder mais cuidar dele. De repente Laurent se sentiu profundamente abatido. Pensou seriamente em deixar para sempre as coisas de Laure em cima da mesa, na sala. À maneira daqueles bibelôs que vão se empoeirando, lembranças de família ou de viagens, e acabam por fundir-se na decoração de um apartamento. Apagou a luz e desceu de volta ao Cahier Rouge. No escuro, o vestido branco criava uma mancha quase fosforescente.

Era uma péssima ideia. Uma ideia como somente Dominique podia ter: encontrar-se com outras pessoas, em vez de num jantar a dois, em que eles poderiam conversar, explicar-se e liquidar a história da bolsa e do grampo de cabelo. Um encontro neutro em terreno neutro, era isso que ela havia previsto. Em um novo bar de vinhos — Le Chantemuse — aberto por um casal de designers gráficos que se convertera à "bistronomia". Seriam sete à mesa: um casal de jornalistas — que haviam se casado de novo — que iria comemorar bodas de madeira (cinco anos), um arquiteto, um secretário de Estado, uma assessora de imprensa e eles dois. Quando Laurent chegou, as outras pessoas já estavam instaladas no fundo do estabelecimento, diante de um *kir* de champanhe verde — que depois se revelou um champanhe com xarope de manjericão. Laurent beijou rapidamente Dominique nos lábios, cumprimentou os outros e sentou em frente a ela. Dominique parecia contente por revê-lo. Estamos esperando Pierre, mas não entendo, ele não atende o celular, anunciou o secretário de Estado com o ar contrariado de um homem que coordena muitos assuntos e não aprecia os imprevistos. Dominique supôs o cancelamento de um voo, já que Pierre iria chegar de Madri, a mulher das bodas de madeira afirmou, em voz alta, esperar que não tivesse havido um acidente, a assessora de imprensa se inclinava mais a imaginar uma confusão de datas na agenda do arquiteto, e depois Laurent se juntou aos outros para erguer um brinde às bodas de madeira daquele casal que ele não conhecia. Pierre não chegou, e sua cadeira continuou vazia durante todo o jantar. Laurent presumiu que ele havia preferido permanecer em Madri e comer *tapas* em companhia de uma dançarina de flamenco, mas decidiu não comunicar sua hipótese aos outros. A conversa enveredou para as exposições do momento e a política. De vez em quando, os olhos de Laurent encontravam os de Dominique. Ficavam os dois assim, suspensos às pupilas um do outro, sem dizer palavra, e depois viravam de novo a cabeça. A cumplicidade que passava por essas trocas fugazes parecia mais representada que real — eles estavam longe daquele olhar da noite de autógrafos no Cahier Rouge. Aquele olhar em que tinham se confessado, quase por telepatia, que nada iria impedi-los de terminar a noite juntos. Isso havia acontecido pouco mais de um ano antes — bodas de algodão, esclarecera o casal das bodas de madeira. Comemorariam as bodas seguintes? À medida que o jantar avançava, as dúvidas de Laurent aumentavam. Existem amores efêmeros, programados desde o início para morrer, e em prazo bastante curto — em geral, só se toma consciência disso no momento em que acontece.

Após a entrada, constituída de um *tartare* de salmão orgânico ao molho de frutas vermelhas de comércio justo, passaram a filés de frango no vapor, com legumes (sempre orgânicos) incrementados por um molho de especiarias oriundo de uma ancestral receita peruana trazida de uma viagem por um dos dois designers proprietários do bistrô. Tudo isso estava bem sintonizado com a época, muito em moda, muito *bobo*.* Enquanto Dominique evocava agora uma grande matéria sobre a crise, que ela pretendia preparar para *Le Monde Éco*, Laurent se flagrou sonhando com aqueles Relais & Château de província, onde desejam a você, em salas de jantar com lareiras crepitantes, uma "boa continuação" para cada iguaria. Afinal, o que foi feito de sua linda bolsa? A pergunta de Dominique se inserira involuntariamente num silêncio da conversa, e Laurent precisou explicar a história da bolsa aos outros presentes. Eu adoraria que um homem me procurasse assim, declarou a assessora de imprensa, esvaziando seu terceiro copo de vinho, talvez resultasse daí um belo encontro. Entre Marc e as crianças, fico bastante entediada. A observação criou certo mal-estar. O que foi?, continuou ela, é verdade, depois de vinte e dois anos de casamento a gente se entedia,

---

* Contração das sílabas iniciais de *bourgeois bohémien* [burguês boêmio]. Em itálico no original. (N. T.)

lamento, mas assim é. Dominique pediu ao seu vizinho, o secretário de Estado, que por favor lhe servisse mais vinho. Laurent estendeu o braço para a garrafa, mas o secretário foi mais rápido. O senhor recebeu Jean Echenoz para uma sessão de autógrafos?, interessou-se de repente a mulher das bodas de madeira. Sim, respondeu Laurent, no lançamento de *Ravel*. Como se chamava mesmo o romance dele que ganhou o Goncourt? *Vou embora*, respondeu Laurent. Dominique me contou que o senhor também conhece Amélie Nothomb. Sim, eu conheço Amélie. A assessora de imprensa perguntou se era verdade aquela história de que ela comia frutas podres, segundo contava havia anos. Laurent não soube o que responder. Jamais havia conversado sobre alimentação com Amélie Nothomb. Depois pararam de lhe fazer perguntas e a conversa tomou outro rumo, envolvendo casais, família e filhos. As vozes dos convivas se misturavam cada vez mais umas às outras para fundir-se num ruído de fundo que Laurent já não escutava. Ele desviou o olhar para a cadeira vazia do arquiteto. Serviu-se de mais vinho e sorriu discretamente, sem parar de contemplar o lugar vago. Parecia-lhe que, concentrando-se um pouco, poderia ver ali uma silhueta se desenhando no ar. Sim, à medida que ele esvaziava o copo, ela se tornava mais precisa. Pela simples decisão de sua mente, outra pessoa estava sentada à mesa. Laurent era o único a vê-la, uma figura de cabelos castanhos até os ombros, pálida, olhos claríssimos, um sinal à direita do lábio superior, batom vermelho, é claro, mas puxando para o coral. A mulher se entediava tanto quanto ele naquele jantar, e agora, não havia dúvida, era para ele que ela sorria. Ninguém percebia, e a cumplicidade entre os dois era total. Caso se concentrasse um pouco mais, veria que ela se levantava e se aproximava dele, inclinava-se até seu ouvido e lhe diria: venha, Laurent, vamos embora.

Você vem comigo? Laurent voltou os olhos para Dominique. Vou fumar um cigarro, você me acompanha? O frio do lado de fora o invadiu, enquanto Dominique acendia o cigarro, protegendo-se do vento, e dava a primeira baforada. Eu acho que nossa história acabou, disse ela, após um silêncio. Também acho, concordou laconicamente Laurent. Acho que você tem outra. Laurent não disse nada. Você pensou nela durante todo o jantar, era visível... Acho que nossos caminhos se separam aqui. Seria bom escrever uma lista de "eu acho", pensou Laurent. Dominique se aproximou, passou a mão pelos cabelos dele, seu sorriso era desiludido. Belas aventuras, Laurent. Não me telefone nunca, acrescentou ela, glacial, antes de jogar fora o cigarro recém-iniciado e de voltar para dentro do restaurante. Pronto, estava terminado. Como se podia desaparecer tão facilmente da vida de alguém? Talvez com a mesma facilidade, em suma, com que se entrava. Um acaso, palavras trocadas, e é o início de uma relação. Um acaso, palavras trocadas, e é o fim dessa mesma relação.

Instantes depois, ele também voltou a entrar, mas a vontade de pagar sua parte discretamente e ir embora era forte. Quantas coisas nos sentimos obrigados a fazer por princípio, por conveniência, por educação, que nos pesam e não mudam nada no curso dos acontecimentos? Além disso, Dominique não o olhava mais. Estava em altas conversas com o secretário de Estado, que lhe sorria. Laurent se perguntou se ali bem à sua frente não estaria vendo seu substituto. Esperou por uns bons quinze minutos, sem que ninguém lhe dirigisse a palavra. Não havia mais dúvida, o secretário de Estado progredia, e Dominique, com seus sorrisos cativantes, respondia claramente aos avanços dele. O título do romance de Jean Echenoz era um convite ao qual agora seria inútil resistir. Laurent se levantou e o pronunciou: Vou embora. Ao se afastar para ir até o caixa, ouviu Dominique dizer: Não liguem, já vai tarde. Esse também daria um belo título.

Frédéric Pichier chegou às dezenove horas em ponto à livraria, onde leitores já o esperavam. Tirou a echarpe e o anoraque, apertou a mão de cada membro da equipe, respondeu que estava "realmente muito comovido" pelos cumprimentos que Laurent lhe dirigia por seu livro e se deixou conduzir à pequena escrivaninha que lhe haviam reservado. Instalou-se atrás das pilhas de *Arcabouço feito de nuvens* e de alguns de seus livros anteriores. Maryse lhe trouxe um copinho de vinho quente e uns docinhos. Havia bem umas quarenta pessoas na livraria, e outras continuavam empurrando a porta. Laurent veio se plantar ao lado de Pichier, sorriu para o público, o que teve como efeito fazer cessar imediatamente a leve algazarra ao redor, e, antes de apresentar Frédéric Pichier — sua obra, sua vida, seu último livro —, agradeceu em voz alta ao autor, pela extrema gentileza de aceitar o convite do Cahier Rouge, e aos clientes por se deslocarem até ali apesar do frio. A sessão se concluiu com aplausos, e Laurent deixou Pichier entregue aos seus leitores. Damien distribuía copinhos de vinho quente e os clientes se organizaram calmamente em fila indiana diante da escrivaninha do escritor. Laurent pegou um copinho e se aproximou de Maryse. Está indo bem, bastante gente... murmurou. E chegando mais, respondeu ela, virando-se para a porta. Sua namorada Dominique não vem? Dominique não virá mais, Maryse, respondeu Laurent fitando o bastãozinho de canela que flutuava em seu vinho. Puxa, desculpe, eu devia ter calado minha boca. Claro que não, não é grave, de jeito nenhum, disse Laurent, segurando a mão dela. Eu tenho outra, acrescentou, perguntando-se, no segundo seguinte, o que dera nele.

Pichier escutava com um sorriso os elogios de uma leitora, Françoise, e respondia às perguntas corriqueiras: Como lhe ocorreu a ideia? Quanto tempo o senhor levou para escrever este livro? Deve ter pesquisado bastante. Depois, enquanto ele aprimorava sua dedicatória "Para Françoise, minha leitora...", ela lhe fez a pergunta ritualística, convencional: O senhor está trabalhando num próximo romance? Sim, sim, estou trabalhando nisso..., respondeu Pichier, lacônico.

Na verdade, estava perdido havia dois meses e meio num enredo que ele mesmo qualificava de "uma merda" a pessoas íntimas, tendo tomado o cuidado de não contar nada ao seu editor. A história de uma jovem empregada doméstica nos anos 1900. Um grande afresco que mesclava o mundo rural e a alta burguesia parisiense. A pureza dos sentimentos diante da elite um tantinho pervertida da Belle Époque. Estava bloqueado na página 40. Marie, a jovem criada, tinha uma ligação com um rapaz açougueiro, um rústico, mas romântico, enquanto o filhinho do papai, tímido esteta que colecionava borboletas, sonhava com ela em segredo. Às vezes, como numa vertigem, Pichier se dizia que iria parir um monstro, que seria o primeiro a fazer o cruzamento entre J.-K. Huysmans e Marc Levy. Em certas tardes, tinha muita vontade de que sua personagem feminina acabasse nas mãos de um magarefe dos Halles. Quanto ao jovem virgem de boa família, a ideia de enviá-lo vitaliciamente aos monges trapistas lhe provocara comichões mais de uma vez. Empacado em sua narrativa, ele podia, após escrever no máximo três frases, passar o resto do dia diante do computador, surfando na Web, particularmente no eBay, em busca de objetos que não se encontravam ali, claro. E também — como todos os seus semelhantes — teclava o próprio nome e o título de seus romances, buscando as opiniões nos blogs e sites literários, sorrindo diante de uma crítica favorável e praguejando contra outra, nada empolgada, que terminava com a frase insultuosa "este romance não me deixará grandes lembranças". Às vezes, acobertado por pseudônimos, ele mesmo escrevia algum comentário nos sites fnac.com ou amazon.com, enviando flores a si mesmo e parabenizando Frédéric Pichier pelo imenso talento. Recentemente, até se aventurara, sob a identidade de "Mitsi", a escrever no Babelio.com: "Pichier: prêmio Goncourt um dia, quem sabe?". Como numerosos escritores, Pichier tinha outra profissão. Era professor de francês para as primeiras e segundas séries do ensino médio. Em um estabelecimento de subúrbio, o Lycée Pablo Neruda, vizinho da Maternelle Robespierre. Após vinte e um anos de magistério, um desgaste havia começado a se fazer sentir. Um desgaste nervoso. Estimulado por seu editor e pelos parentes, Pichier havia tirado "um ano sabático" a fim de se dedicar unicamente à escrita. Mas, desde que ficara empacado naquele texto, sozinho, todos os dias em casa, deplorava essa decisão que o privara de seus alunos. Não importava que estes fossem turbulentos, espertalhões, ardilosos, de uma falta de cultura às vezes abissal: devia reconhecer que seus dias com eles eram infinitamente mais animados do que os transcorridos agora diante do computador. Com frequência, a concepção dos alunos sobre literatura era desanimadora. Para eles, a marquesa de Merteuil era uma espécie de *cougar** e Valmont, *um gatão excessivamente cool*. Durante um mês, tinham avançado no texto à maneira das séries de TV — Pichier havia decupado trechos: temporada 1, temporada 2... Do título, *As ligações perigosas*, tinham gostado bastante. Soava moderno, um pouco sexy e subversivo, tudo o que era preciso para despertar a curiosidade. À sua maneira, eles haviam de fato acompanhado o pensamento do autor do século XVIII. *Madame Bovary*, para os garotos, não era mais do que uma história *superchata* com uma perua que *pirou de vez*. Já as garotas compreendiam bem melhor os tormentos de Emma. Quanto ao universo da mina de *Germinal*, este, para a turma inteira, tinha algo de pura ficção científica. *Um amor de Swann*, com seu final: "E pensar que desperdicei anos de minha vida, que desejei morrer, que tive meu maior amor por uma mulher que não me agradava, que não era meu tipo!", despertava mais interesse. Alguns garotos chegavam a encontrar uma ponte entre o pensamento de Proust e sua experiência pessoal de uma decepção sentimental: "O protagonista acabou se amarrando numa gata, mas que não era feita para ele. No fim, cai na real, e com isso pensa bastante sobre ele mesmo e sobre sua vida", resumira brilhantemente

---

* Em itálico, no original. Mulher de quarenta anos ou mais que procura parceiros bem mais novos. Na França, o uso do termo nesse sentido se originou do seriado americano *Cougar Town*. (N. T.)

Hugo — nota 7 —, boa compreensão do texto, mas análise pouco desenvolvida, e cuide de sua ortografia, Hugo. Alguns alunos, garotas na maioria, tinham lido *Arcabouço feito de nuvens*. A pequena Djamila até lhe pedira uma dedicatória, fazendo perguntas muito pertinentes sobre a construção do livro, o que o emocionara e ao mesmo tempo o deixara otimista.

O escritor autografava e sorria gentilmente aos seus leitores, sem interromper os copinhos de vinho quente. Laurent se aproximou, vai tudo bem? Muito bem, muito bem, respondeu Pichier. Estamos em trinta exemplares, soprou Laurent. Pichier aprovou com um aceno de cabeça. Boa noite, disse a uma nova leitora que se aproximava. Boa noite... Nathalie, acrescentou ele com um sorriso cúmplice, pousando os olhos no decote dela. Como é que o senhor sabe meu nome?, exclamou sua interlocutora. Pichier exibiu um sorrisinho, contente com o efeito causado. A senhorita o carrega no pescoço, respondeu ele, apertando os olhos. A moça levou a mão até o cartucho egípcio dourado que ela usava como *pendentif*. O senhor lê hieróglifos?, perguntou, admirada. Eu escrevi *As lágrimas da areia*, respondeu Pichier, mostrando um dos exemplares, nele se fala muito do Egito. Aprendi durante a pesquisa para o enredo. Volto já, disse bruscamente Laurent, e foi abrindo caminho entre os clientes até a porta interna da livraria, que dava para o vestíbulo do imóvel. Subiu a escada de quatro em quatro degraus até seu apartamento, abriu a porta, acendeu a luz, avançou até a mesa de jogo, pegou o chaveiro e, já sem fôlego, olhou o cartucho dos hieróglifos. Agora compreendia, aquilo jamais tinha sido um chaveiro, mas um *pendentif*, semelhante ao da cliente, Laure simplesmente o prendera na argola das chaves. Saiu de volta, batendo a porta atrás de si, e disparou escada abaixo.

A leitora havia pedido autógrafo nos dois livros: *As lágrimas da areia* para o marido e o mais recente para ela. Pichier caprichava na dedicatória, enquanto Laurent abria caminho até ele. Precisou aguardar que a cliente contasse um pitoresco episódio de família, ocorrido com sua bisavó durante a guerra de 1914 e que lembrava muito um acontecimento narrado no romance. Finalmente, ela se despediu do autor, e Laurent conseguiu se insinuar entre dois clientes. O senhor pode ler estes aqui? E pousou o chaveiro sobre a capa

de uma das obras. Pichier o pegou, ajeitou os óculos e olhou atentamente os sinais egípcios. Sim... murmurou. Laure...
　　Em seguida virou a plaquinha. Va... Vala... Valadier.
　　Laure Valadier.

O silêncio é de ouro. A frase inscrita acima da entrada do ateliê e folheada pela mão do próprio Alfred Gardhier (1878-1949) assumia agora um significado particular para William. Já fazia quatro dias que Laure não despertava. Pouco adiantara que o professor Baulieu o tranquilizasse — a tomodensitometria feita na véspera não tinha revelado nada de especial —, aquele coma prolongado não pressagiava nada de bom. Com o lado plano da espátula, ele levantou a folha de ouro, pousou-a sobre a almofada em couro de bezerro, soprou imperceptivelmente, e a folha se estirou num retângulo perfeito. William cortou-a ao meio com o fio da espátula, passou o pincel de pelo de marta sobre o próprio rosto e pescou a primeira metade com um gesto delicado — a eletricidade estática elevou a folha acima da camada umedecida de bolo-armênio vermelho que recobria a madeira. Com um golpe do punho, ele a aplicou. Em uma fração de segundo, a folha de ouro aderiu aos cheios e arestas da madeira, unindo-se às outras setenta e cinco que ele já colocara desde aquela manhã. Mais duas e a restauração do tremó com as armas dos condes de Rivaille estaria quase pronta. Depois, seria preciso polir a superfície com pedra de ágata até que o ouro reluzisse com um brilho que pareceria o dos tempos antigos.

Fazia quatro dias que o lugar de Laure no ateliê estava vazio. Na quinta-feira de manhã, quando não a vira chegar, ele havia percebido que algo ia mal. Às onze horas, tinha deixado um recado. Ao meio-dia, outro. Às treze horas, ligara para o telefone fixo. Na volta do almoço, durante o qual a ausência de Laure havia sido o principal assunto de conversa com Agathe, Pierre, François, Jeanne e Amandine — os outros colegas —, ele tinha combinado com Sébastien Gardhier — quarta geração do ateliê — que o melhor seria ir à casa dela. Aqui é William de novo, estou saindo do trabalho, vou passar em minha casa para pegar as chaves de Belfegor e depois vou até a sua, deixou ele como última mensagem no celular de Laure. Era assim que os dois chamavam entre si a cópia das chaves do apartamento dela — William só as usava para ir alimentar o gato quando Laure estava ausente.

Após tocar a campainha duas vezes, sem obter resposta, ele decidiu entrar. Com a porta entreaberta, o felino se esgueirou e saiu para o patamar, como era seu hábito. Olhou para William, arqueou o dorso e começou a se deslocar como caranguejo, orelhas abaixadas. "Ele faz isso quando está com medo, é uma postura de ataque." As palavras de Laure voltavam à mente de William, e, se o gato estava com medo, devia ser porque acontecera mesmo alguma coisa. Laure, chamou ele, você está aí? Mal pôs os pés na entrada, teve uma forte impressão de déjà-vu. A cena se superpôs a outra, de repente ele se lembrou daquela tarde em que havia entrado na casa da avó usando sua cópia das chaves, já que ela não atendera ao toque da campainha. Aquela tarde de dez anos antes, quando a avó não respondera ao seu chamado, tal como Laure agora. Aquela tarde em que ele fora abrindo portas para aposentos vazios, até acabar na da cozinha. E encontrara a avó caída nos ladrilhos. Sem vida. Laure?, gritou, abrindo a porta do quarto, depois a do escritório, a do banheiro, e por fim a da cozinha, no final do corredor. Dessa vez o apartamento estava realmente deserto, e William se sentou no sofá da sala. Recuperou o fôlego, a asma havia subido um grau e o assovio insidioso acabava de reaparecer em seus brônquios, acompanhado do clássico prurido nas costas. Tirou do bolso o inalador de Ventoline e inspirou duas doses. Belfegor veio se esfregar em suas pernas, acariciando-o com a cauda. Onde está Laure, você sabe?, perguntou William. Mas o gato permaneceu em silêncio.

Depois de acariciar o animal e de constatar que, em princípio, não havia nada de anormal no apartamento, William fez mais uma ligação para o celular de Laure e caiu de novo na caixa de mensagens. Deixou um recado sucinto, fechou a porta do apartamento e desceu a escada. Nada de anormal, sem dúvida, mas alguma coisa havia acontecido, alguma coisa importante o suficiente para que ela não se apresentasse no trabalho nem atendesse o telefone. Se não tivesse notícias até esta noite, ele chamaria a polícia. Na entrada do prédio, um envelope branco havia sido passado por baixo da porta principal. William tinha certeza de que não havia nada disso quando ele entrara. Abaixou-se e leu: Srta. Laure Valadier e sua família.

Hôtel Paris Bellevue ***

Senhora, senhor,

Estamos à sua disposição para lhes dar informações relativas à nossa cliente Laure Valadier, que se hospedou em nosso estabelecimento na noite de 16 de janeiro e foi vítima de um mal-estar. Agradecemos antecipadamente seu contato com nossa recepção.

Atenciosamente,
A direção.

Naquela noite, haviam permitido que ele a contemplasse através de um vidro. Ela estava deitada num aposento com outras pessoas. Seu vizinho estava ligado a um respirador artificial. Laure parecia dormir, uma simples perfusão no braço. No dia seguinte, ele tinha voltado e pudera sentar ao seu lado. O rosto estava distendido, as pálpebras fechadas. Ela respirava imperceptivelmente, a intervalos regulares. O aposento silencioso era banhado por uma fraca luz elétrica. Na verdade, havia seis leitos com homens e mulheres deitados, todos mergulhados em sono profundo, aquele que se conta em dias, em semanas ou em anos — aquele no qual a vida se extinguirá, talvez, deixando os parentes com dois enigmas: a pessoa estaria consciente no instante em que morreu, ou já teria partido há muito tempo? Somente o respirador artificial do vizinho emitia um som repetido e tênue de bomba, como uma máquina animada de vida própria, que nunca se deteria. A espécie humana se extinguiria, os corpos se tornariam pó, mas essa bomba continuaria seu movimento perpétuo, subindo e descendo suavemente por toda a eternidade. Aqui é William, acabou dizendo baixinho, estou aqui. Parece que as pessoas em coma escutam, não sei se é verdade. Não se preocupe, estou cuidando de Belfegor. Ele come direitinho a ração Virbac, sabor pato. Amandine e Pierre deram andamento ao trabalho que você não está podendo fazer, vão concluir sua restauração da Virgem. Pousou a mão sobre a dela. Laure não teve nenhuma reação. No fim de semana vou a Berlim por três dias, é aquele teto do alemão, Schmidt ou Schmirt, não sei bem, você se lembra, as molduras douradas do forro. *Tenho medo de tempestades.* Vou achar uma solução para seu gato. Sim, vou achar, não se preocupe. *Tenho medo quando estou nos zoológicos. Tenho medo porque os animais ficam em jaulas.* Você precisa despertar, precisa voltar, Laure. *Tenho medo de andar de barco.* Tudo isso por causa de uma bolsa. Eu tinha dito para você não comprar aquela bolsa, era bonita demais.

Tenho medo quando não compreendo. Não compreendo por que estou aqui.
Tenho medo quando não sei onde estou, e não sei onde estou. Não sei "quando" estou.
Tenho medo quando William fala comigo e eu não posso responder.

Os dias tinham se sucedido, entre a visita cotidiana a Laure, de manhã, e a do final da tarde a Belfegor. O professor Baulieu o recebera. Sua irmã... É isto mesmo, é de fato sua irmã? O médico tinha cabelos brancos penteados para trás, rosto redondo e olhos ao mesmo tempo doces e risonhos. Realmente era necessária uma boa dose de distanciamento e às vezes de humor para passar os dias num lugar como aquele, pensou William. O que o senhor acha?, respondeu, com um sorriso triste. Eu acho... acho que não, o senhor não é irmão dela, disse o médico, exibindo um sorriso cúmplice, mas isso não importa, o senhor está aqui, é bom que esteja aqui, e é meu único interlocutor. William respondeu o melhor que pôde às perguntas sobre Laure. Sim, ele era o único interlocutor. Laure havia perdido o marido, Laure havia perdido os pais, Laure não tinha filhos — só tinha mesmo uma irmã que morava longe, em Moscou, e de quem ela só recebia notícias uma ou duas vezes por ano. Mas tem amigos, atenuou William. Entre eles o senhor, interrompeu o médico, o melhor deles, o único que está aqui, acrescentou. Convém falar com ela sempre que vier, é importante, eles ouvem. Eu falo. Ótimo, aprovou o médico. Bom, vamos ao essencial, é um coma de estágio leve, deve-se ao choque no crânio e ao hematoma cerebral que se seguiu durante a noite. Isso acontece às vezes aos acidentados em veículos — ficam um pouco sonolentos e desabam uma hora depois. Hoje está tudo em ordem. Não encontrei sinais inquietantes, creio que ela deve acordar dentro de dois a quatro dias. Foi um caso de agressão, disse o médico, consultando o prontuário sobre sua escrivaninha. Roubaram a bolsa e ela deve ter se defendido, suponho, respondeu William. O médico meneou a cabeça, suspirando, tudo isso por um punhado de euros, e até já vi casos piores, murmurou.

Em seguida William respondeu a uma série de perguntas sobre Laure: tinha conhecimento de cirurgias precedentes que ela teria sofrido? Um tratamento medicamentoso regular? Acidentes anteriores? Alguma dependência específica, álcool, drogas? Também era preciso que William recuperasse, na medida do possível, o número dela no seguro social e algumas outras informações burocráticas. Ele aquiesceu, sim, podia achar tudo isso — o ateliê lhe forneceria os documentos. Profissão?, perguntou o médico. Douradora, respondeu William. Baulieu ergueu os olhos para ele. Folhas de ouro, especificou William, sobre madeira, metal, gesso, remates antigos, como os do Dôme des Invalides. O senhor e ela trabalham juntos, suponho? Isso mesmo, murmurou William. É um belo ofício, quantas folhas de ouro para o Dôme des Invalides?, perguntou o médico, sem levantar os olhos das anotações que fazia. Quinhentas e cinquenta e cinco mil.

William passeava o olhar pelo aposento. Como sempre acontece nos consultórios dos médicos, havia alguns "objetos pessoais", que nunca se sabe muito bem por que eles foram escolhidos para estar ali. Objetos frequentemente neutros, sempre com uma vaga conotação artística: pesos para papéis, estatuetas, tinteiros antigos, almofarizes... William se deteve numa cabeça de mármore branco com pedestal, pousada sobre a escrivaninha. A cabeça da cultura das ilhas Cíclades em cima de sua mesa. Sim, afirmou Baulieu, sem erguer os olhos do que estava escrevendo. Há uma relação com sua profissão? Prossiga, disse o médico lentamente. Não tem olhos porque seus pacientes não veem mais, nem boca porque eles não podem falar, só mesmo o nariz, para respirar. O médico olhou afinal para William, antes de passar a mão sobre o mármore. Quatro mil anos de silêncio, murmurou. Nós vamos lhe devolver sua amiga, não fique tão preocupado. Descanse um pouco também, o senhor parece exausto, disse Baulieu, antes de acompanhá-lo até a porta.

Ração para Belfegor e copo de martíni tinto para ele. William permanecia em silêncio, na cozinha. Amanhã de manhã partiria para Berlim e ainda não tinha conseguido um substituto para dar comida ao gato. Ninguém que lhe inspirasse suficiente confiança para que ele lhe deixasse as chaves e sobretudo lhe confiasse o animal. Nenhum de seus colegas se daria ao trabalho de atravessar Paris para ir alimentar um gato. Então, ele iria espalhar várias tigelinhas cheias por diferentes lugares do apartamento. Laure sempre dizia que não convinha fazer isso de jeito nenhum, pois o gato comeria tudo de uma vez e vomitaria em seguida. Agora, contudo, não havia escolha. Depois de esvaziar mais um copo de martíni, William dispôs as tigelas sobre a bancada e já se preparava para encher várias, sob o olhar interessado de Belfegor, quando alguém tocou a campainha.

Cabelos castanhos. Jeans e mocassins pretos. Camisa branca. Agasalhado num casaco escuro e num cachecol azul, o homem o encarava, visivelmente surpreso. Boa noite... disse William. Boa noite... respondeu Laurent. Houve um momento de silêncio, e depois Laurent arriscou, com prudência: Eu vim ver Laure... Laure Valadier. O gato saiu para o patamar e veio ao encontro dele. Laurent se inclinou, boa noite, Belfegor, disse, com um sorriso, acompanhando a frase com uma carícia. O gato rebolou dengosamente a fim de acolhê-lo com a ponta da cauda. O senhor é amigo de Laure? Laurent olhou para William. Não propriamente amigo, como direi..., começou, com um suspiro encabulado. Já ia iniciar uma longa explicação quando William o interrompeu: eu entendi. Não estou questionando, acho que sei quem é o senhor, ela me falou de alguém em sua vida... Entre, se o senhor conhece o gato, então conhece o lugar. Eu sou William, amigo de Laure, nós trabalhamos juntos.

Meu nome é Laurent. Os dois homens trocaram um aperto de mãos e a porta se fechou.

Laurent tinha previsto tudo, menos isso. Que um homem jovem, de cabelos descoloridos e cortados à escovinha, modo de vestir ligeiramente excêntrico, lhe abrisse a porta e o convidasse a entrar. Desde que encontrara o sobrenome dela, havia telefonado várias vezes. O número constava do catálogo e a internet lhe fornecera em poucos cliques as coordenadas da única Laure Valadier da cidade. De fato, ela morava a poucas ruas do lugar onde ele tinha encontrado a bolsa. Na primeira vez em que teclara o número, tinha imaginado sucessivamente: que ela atenderia, que um homem atenderia — talvez o marido —, que a linha estaria ocupada, que uma criança atenderia, que cairia numa secretária eletrônica com a voz dela, que cairia numa secretária eletrônica com uma voz digital pré-gravada. A última hipótese se confirmou. Laurent não deixou recado. Repetiu a operação nos dias seguintes. A voz digital, falsamente bem-humorada, continuava a anunciar que ele podia deixar recado após o sinal e confirmar com a tecla jogo da velha. Ninguém atendia nunca. Ele então redigiu uma linda carta. Empenhou-se nisso após fechar a livraria, constatando na mesma ocasião que fazia muito tempo que não escrevia cartas. Depois de três páginas contando em detalhes sua descoberta da bolsa, em que se desculpava por tê-la aberto para ver o conteúdo, explicava as diferentes peripécias de sua investigação, concluindo com a resolução do enigma do chaveiro por um escritor francês que fizera uma sessão de autógrafos em sua livraria, Laurent estava literalmente esgotado. Escrever, reler, corrigir, escolher cada palavra, cada construção, riscar, voltar atrás, mudar de verbo e, adiante, de adjetivo, para finalmente chegar a três páginas satisfatórias, exigira dele uma concentração fora do comum — mas isso só lhe inspirou um pouco mais de respeito pelos escritores.

Era um prédio da época de Haussmann, de seis andares, com sua tradicional fachada em pedra clara e teto de zinco. Para transpor a pesada porta de vidro e ferro batido, Laurent se munira do chaveiro de Laure. O controle remoto lhe permitiria transpor a barreira do código, e em seguida ele depositaria o envelope na caixa de correspondência que seguramente estaria no saguão, sob o nome de Laure

Valadier. Procurou-a no grande conjunto em aço escovado que devia datar dos anos 1970 e que continha os nomes dos proprietários ou locatários. Larnier, Jean-Pierre — térreo, direita; Françon, Marc e Eugénie — segundo, esquerda (favor não deixar propaganda); C. Bonniot — terceiro, direita; Dirkina Communication — segundo, direita; Consultório dentário — primeiro, esquerda; Lecharnier Kaplan — quarto, direita; Laure Valadier — quinto, esquerda.

Na hora de deslizar o envelope, ele hesitou. Teria percorrido todo aquele caminho e tomado todas aquelas iniciativas só para isto? Um aroma de *pot-au-feu* pairava no saguão. Àquela hora do entardecer, todo mundo, ou quase, havia retornado do trabalho. Atrás da porta do térreo ele ouviu um aparelho de TV que transmitia um dos canais de informação vinte e quatro horas. Do primeiro andar chegou-lhe uma risada através das paredes. Seria bobagem demais. Realmente, iria embora sozinho dentro da noite, esperando que em algum dos próximos dias seu telefone tocasse? Cinco andares acima, Laure talvez estivesse em casa naquele momento. Cabelos castanhos até os ombros, pálida, olhos claros, talvez cinza-azulados, e um sinalzinho à direita do lábio superior. Laurent estava muito perto do objetivo para ir somente até ali. Meteu o envelope no bolso do casaco e chamou o elevador. Uma antiguidade, daquelas que só os velhos prédios de Paris ainda têm, chegou com um estalido. Portinhas de madeira, um painel dos andares que devia datar dos anos 1930. Ele apertou o botão de baquelite preto, número 5. A cabine emitiu um novo estalido e conduziu Laurent em meio a um rangido de roldanas. O patamar do quinto, esquerda, estava semi-iluminado por uma lâmpada coberta por uma tulipa. Na porta não havia nome, só mesmo uma pequena campainha prateada, em forma de espiral. Pronto, havia chegado. Iria tocar, e ela abriria a porta. Laurent passou a mão pelos cabelos, tossiu de leve e tocou.

William abriu.

Telefonei várias vezes mas ninguém atende, vim deixar um bilhete, disse Laurent, tirando o envelope do casaco. William olhou para ele, mas então o senhor não soube, claro, não pode saber, disse, transtornado. O que eu deveria saber?, murmurou Laurent. Tire o casaco, sente-se, quer beber alguma coisa?, uísque, vodca, suco de laranja, martíni tinto? Eu vou de martíni. Então, martíni, disse Laurent. Perfeito, já volto. William se afastou pelo corredor. Laurent pendurou o casaco no cabide da entrada. A sala estava fracamente iluminada, numa das paredes ele viu uma série de paisagens pintadas a óleo. Os quadrinhos, datados do século xix, estavam dispostos acima de um gueridom. Cenas campestres, paisagens de lagos ou de florestas tinham como único ponto em comum a ausência de personagem. Só mesmo o cenário da natureza e o silêncio que ele sugeria. Acima dos quadrinhos havia uma moldura com uma daquelas borboletas azul-metálicas cujo nome ele não sabia. Sobre o gueridom, uma tigelinha continha umas dez chaves antigas, douradas. Laurent pegou uma: era muito semelhante às velhas chaves que abriam as portas de antigamente, só que esta era folheada a ouro, como as outras. Ele pensou no Barba Azul e na chave de ouro que abre a porta do quarto das mulheres desaparecidas. Ao escutar os passos de William no corredor, devolveu a chave à tigelinha.

Pronto, servi metade do copo, com duas pedras de gelo, espero que esteja como o senhor gosta. Ambos estavam sentados na sala. Laurent no sofá e William à sua frente, numa poltrona. Laure vai bem, começou ele, mas logo se conteve: enfim, bem... podia ser pior. Há quanto tempo o senhor não a vê? Laurent fingiu refletir. Bom, não importa, interrompeu William, na noite do dia 12 aconteceu alguma coisa. Lamento, o que estou contando é meio confuso,

Laure foi agredida, roubaram sua bolsa, ela foi ferida na cabeça, no momento está em coma, mas deve despertar. Está em coma?, repetiu Laurent. Sim, está demorando um pouco a despertar, mas é questão de dias. Conversei com o médico ontem mesmo, ele está otimista. Então é por isso que ninguém atende o telefone aqui... Sim, e o celular dela desapareceu, claro, junto com a carteira e o cartão de débito. Já sacaram dois mil euros, eu soube anteontem quando liguei para o banco, mas isso o seguro deve cobrir, não é o que importa. Não, não é o importante, murmurou Laurent. O importante é que ela acorde, frisou William. Vou lhe dar as coordenadas do hospital. Não sei se posso ir vê-la, não sou da família, arriscou Laurent. Eu também não, replicou William dando de ombros, de qualquer modo, a família, tirando a irmã que mora em Moscou e os amigos, ela não tem mais os pais, não tem mais marido, não vejo quem é a família dela hoje. Sim, tem razão, disse Laurent. Não tem mais marido, repetiu. Ela lhe contou? Sim, arriscou Laurent. William balançou a cabeça e tomou um gole de martíni. Ela levou muito tempo para se recuperar. Laurent permaneceu em silêncio. O senhor a conheceu há pouco tempo?, emendou William. Sim, há pouco tempo... Laurent passeava o olhar sobre a decoração da sala: quadros, livros, uma lareira com achas secas, prontas para ser acesas, um lustre veneziano, um abajur moderno, um grande espelho de moldura dourada, extremamente trabalhada. Onde? Se não for uma pergunta indiscreta... Na minha livraria, eu sou livreiro. Isso é bem a cara de Laure, disse William com um sorriso, semanas atrás ela topou com um escritor conhecido, estava com um dos livros dele na bolsa e pediu uma dedicatória, deve ter lhe contado isso. Sim, era Modiano, foi perto do Odéon, estava chovendo. Exatamente, estávamos concluindo uma obra no Senado. O senhor parece ser um homem de bem, fico contente, disse William, após um silêncio. Laurent se levantou, desculpe, preciso esticar as pernas. Fique à vontade, murmurou William. Laurent avançou até uma grande foto emoldurada. William e Laure se mantinham de pé no ponto mais alto do teto da Opéra Garnier. Vestidos em roupas de trabalho, empoleiravam-se cada um de um lado do Apolo que ergue sua lira de ouro diante da avenida. Ambos apontavam o instrumento, sorrindo para a câmera.

Finalmente Laurent via o rosto dela. Laure tinha os cabelos agitados pelo vento e adivinhava-se que seus olhos eram claros. Tinha de fato um sinal à direita do lábio superior, e ao pescoço uma correntinha em que estava pendurado o cartucho dos hieróglifos. Suas mãos eram finas, e ela usava uma pulseira azul. Agora a névoa se dissipara, os traços tinham se tornado nítidos. Em relação ao que ele havia imaginado, esse rosto era ao mesmo tempo diferente e muito parecido. Tenho a mesma foto em minha casa, disse William, isso foi há alguns anos. Cada um fez metade da lira de Apolo. Ao lado, em outra foto, menor, revia-se Laure rodeada por cinco colegas. Todos de pé no teto de Versalhes, cada um brandindo uma ferramenta. Ela usava óculos escuros. Ao redor deles, dourações, de novo. Laurent começava a compreender: as chaves da entrada, os monumentos, a obra no Senado, lembrada por William. O ponto comum a todos: o ouro. Ela não está mais usando o *pendentif* de hieróglifos, observou Laurent. Pendurou-o no chaveiro, disse William, tomando um gole de martíni, foi presente de um mecenas por um trabalho no Egito, faz oito ou dez anos. Cada um de nós ganhou o nome e o sobrenome escritos em hieróglifos. Perdi o meu. Trabalhamos juntos em muitos países, ela me ensinou tudo. Laure é a melhor douradora do mundo.

Laure, murmurou Laurent, e já não sabia se o que ele acabava de pronunciar era o nome dela ou o do metal, *l'or*. Escute, estou muito constrangido por lhe pedir isto, disse William, mas devo viajar para Berlim a trabalho e ficar três dias. O senhor poderia cuidar de Belfegor?

Procurar uma mulher para lhe devolver uma bolsa era uma coisa, instalar-se na casa dela, em sua ausência, com seu gato sobre os joelhos, era outra. No final da tarde seguinte, havia aberto a porta do apartamento com a cópia que William lhe entregara — na realidade, uma coisa desnecessária, já que ele tinha o original. Na cozinha, depois de dar a ração do gato, Laurent se serviu um copo de Jack Daniel's. Tomou um gole daquela bebida de sabor defumado. O bourbon o aqueceu, infiltrando-se por suas veias e distendendo todos os seus músculos. Voltou à sala e passeou o olhar ao redor, com a impressão de habitar aquele apartamento como um passageiro clandestino — ou melhor, de não estar verdadeiramente ali. Existem lugares nos quais é tão singular nos encontrarmos que não podemos nos impedir de pensar que aquilo é um trote que nossa mente nos dá — um devaneio do qual vamos acordar dali a pouco. Parecia-lhe que havia um outro Laurent. Esse outro, naquele momento, estava na casa dele, no apartamento acima da livraria, e continuava executando seus gestos cotidianos: responder aos e-mails, preparar o jantar, iniciar a leitura de um novo livro.

    O apartamento de Laure era um delicioso casulo, com aquela sala de sofá aconchegante, o assoalho recoberto de tapetes e a iluminação cuidadosamente distribuída. Diante de uma das janelas estava instalado um fícus cujos ramos iam até a lareira. Belfegor havia adotado o visitante vespertino e, depois de comer a ração sabor pato, acomodara-se autoritariamente sobre os joelhos dele, imobilizando-o no sofá. Isso, por parte dos gatos, era uma honra, Laurent sabia um pouco a respeito, o Pútin de sua filha jamais se dignara a sentar-se no colo de quem quer que fosse — no melhor dos casos, plantava-se diante da pessoa e a fitava com um olhar intenso, que não deixava de lembrar o de seu homônimo do Krêmlin.

Antes de o gato lhe dar essa prova de confiança, ele se aventurara pela sala. A impressão de "ler uma carta que não foi dirigida a você", segundo a frase de Guitry, foi ainda mais forte do que quando ele abrira a bolsa. O próprio apartamento era uma espécie de bolsa gigante com mil cantinhos, cada um contendo uma parcela da vida de sua ocupante. Com o copo de bourbon na mão, Laurent foi de um objeto a outro, de um quadro a uma foto. Uma parede inteira era coberta por uma grande estante, em que várias prateleiras eram dedicadas a livros de arte — alguns recentes, outros muito antigos, que Laure devia ter obtido ao longo dos anos. Arquitetura, pintura — douração, claro —, mas também catálogos de leilões. Uma prateleira terminava em vários livros de Sophie Calle, entre os quais uma de suas obras-primas poéticas: *Suite vénitienne*. Em 1980, Sophie havia decidido, numa pura iniciativa artística, seguir homens — ao acaso, na rua, e sem que eles soubessem. À maneira de um detetive particular, desses longos passeios trazia fotos em preto e branco de homens, de costas, em diferentes lugares. Desconhecidos que ela havia seguido durante tardes inteiras. Certo dia em que ela havia notado uma nova presa, esta lhe escapou e desapareceu na multidão. À noite, o homem lhe foi apresentado durante um jantar mundano. Ele lhe disse que dentro em pouco partiria para Veneza. Secretamente, Sophie Calle decidiu recomeçar — segui-lo, incógnita, até as ruelas e os canais de Veneza. Dessa expedição, trouxe um diário de bordo de setenta e nove páginas e cento e cinco fotos em preto e branco, posfaciadas por Jean Baudrillard. A investigação havia terminado quando o homem a reconhecera e lhe dirigira a palavra. Ou melhor, não totalmente, já que ela conseguiu voltar à *gare* de Paris alguns minutos antes dele e fazer uma última foto. No entanto, a tensão da busca e a magia tinham se evaporado no momento do encontro. O retorno à realidade havia anunciado o fim da história.

Laure possuía a edição original — dificílima de encontrar e também caríssima. Em outra prateleira exibiam-se os romances. Laurent encontrou ali muitos Modiano, tanto de bolso quanto em brochura. Só para verificar, tirou vários, e constatou que nenhum tinha dedicatória. Havia também livros policiais, ingleses, suecos, islandeses. Romances de Amélie Nothomb, vários Stendhal, dois

Houellebecq, três Echenoz, dois Chardonne, quatro Marcel Aymé, Apollinaire inteiro, *Nadja*, de Breton, em edição antiga, *O príncipe*, de Maquiavel, em livro de bolso, e ainda uns Le Clézio, uns dez Simenon, três Murakami, mangás de Jiro Taniguchi. A ordem era totalmente aleatória, *Poésies*, de Jean Cocteau, era vizinho de *Saga*, de Tonino Benacquista, que, por sua vez, se encontrava junto de *O banheiro*, de Jean-Philippe Toussaint, cuja capa ladeava um grosso volume em couro marrom lavrado a ouro. Laurent tirou este último da prateleira.

Era um álbum de fotos com páginas espessas e borda recoberta de ouro. O volume em si devia datar de mais de um século antes. As primeiras fotos remontavam aos anos 1920. Nelas se viam homens de bigodes finos e mulheres com penteados e roupas da época. *Tio Edgar, Tia Florence, reunião de família — Natal 1937...* estava escrito a lápis sobre as fotos. De página em página, avançava-se pelo século xx. Numa foto dos anos 1970, uma menina de olhos claros fitava a câmera, segurando uma raposa de pelúcia, enquanto um gatinho siamês a observava. A menina tinha um sinal acima do lábio superior. *Laure com Sarbacane filhote e Renardou.*[*] Laure com os pais, Laure adolescente, Laure de férias com sua irmã Bénédicte. Laurent não se sentia no direito de folhear aquelas páginas, mas a vontade de reencontrar de foto em foto aquele rosto agora familiar era mais forte. Já ia fechar o álbum quando topou com a última página. Depois desta não havia nada, tudo se concluía em 2007, com uma matéria recortada de uma publicação. Nela se via a foto de um homem sorridente, de cabelos curtos, posando ao lado do líder afegão Massoud: "Xavier Valadier (1962-2007), nosso colega e amigo, repórter de guerra, encontrou a morte no Iraque, em 7 de dezembro. Com frequência as fotos de Xavier Valadier deram a volta ao mundo...". O texto terminava com: "Jamais o esqueceremos, Xavier, e nossos pensamentos se dirigem à sua família". Era o homem que William havia lembrado, e o mesmo que aparecia numa das fotos do envelope na bolsa. Laurent guardou de volta o álbum e se dirigiu ao aposento contíguo.

---

[*] De *renard*, raposa. Já o nome do gato significa "zarabatana". (N. T.)

O escritório estava mergulhado na escuridão e ele apertou o interruptor. Um neon piscou no alto de uma prateleira de parede e depois se estabilizou. Ele descobriu outras com muitos DVDs e até antigas fitas de vídeo, uma tela grande, apoiada no piso, e sobre a lareira um *laserdisc player*, acompanhado de outro aparelho para os vinis. Empilhados no assoalho, discos trinta e três rotações e CDs. A música clássica se misturava à pop e ao rock. Também aqui, nenhuma classificação, David Bowie ladeava Rubinstein, Radiohead e Devendra Banhart faziam companhia a Glenn Gould e Perlman. No grande espelho acima da lareira, cartões-postais do mundo inteiro enfiados entre a madeira dourada e o vidro. Laurent não tocou em nenhum. Sobre a escrivaninha, um computador e seu teclado, canetas em desordem e um bloco de anotações. Uma coleção de dados, cerca de vinte, todos exibindo a face seis. Um lance de dados jamais abolirá o acaso, murmurou Laurent. Uma sombra flexível passou entre suas pernas. O gato. Este saltou logo para a poltrona de couro preto do escritório e em seguida para a mesa, aproximou o focinho do rosto de Laurent e se inclinou sobre os dados enfileirados. Com a ponta da patinha, jogou dois ao solo, depois olhou Laurent e recomeçou a fazer o mesmo com os dados seguintes. Não, pare com isso, stop, disse Laurent, ajoelhando-se para recolher os dados. O gato continuava a empurrá-los com a ponta da pata assim que Laurent os repunha no lugar. Não, não pode, não se pode brincar assim, suspirou Laurent. Então pegou o gato nos braços, fechou a porta do escritório e pousou o animal no chão. O gato o convidou a segui-lo até o quarto de sua dona. O aposento, inteiramente branco, contrastava com o resto do apartamento, sua luz fraca e difusa o tornava semelhante a um iglu. Um guarda-roupa antigo, uma foto de céu vermelho emoldurada. Sobre o radiador, uma raposa de pelúcia, um tanto destruída, evidentemente a "Renardou" da foto. O gato pulou sobre a colcha, a fim de mostrar que aquela cama também era *sua* e que ele tinha o direito de se enrodilhar ali quando bem entendesse — e apressou-se a fazer uma demonstração. Visitaram juntos o banheiro, cujas paredes eram revestidas por pequenos azulejos em preto e ouro. Dezenas de frascos, produtos de beleza, cremes e xampus estavam pousados nas prateleiras. Laurent se apoderou do Pschitt Magique, micropeeling nova geração, não granulado, de ação biológica — Renova a textura de sua pele em vinte segundos cronometrados. Em seguida o deixou de lado para farejar o pulverizador de um frasco preto de Habanita. Estava percorrendo com o olhar aquele universo íntimo e secreto quando seu celular tocou, provocando a partida galopante do gato rumo à sala.

Sua filha garante que você põe cinco cravos-da-índia na cebola do *pot-au-feu*, eu digo que bastam três, e Bertrand concorda comigo. Não preciso dizer que no presente momento o assunto está pegando fogo, acrescentou Claire em tom atormentado, então você pode confirmar esses seus cravos, por favor? Passe o telefone para ela, respondeu calmamente Laurent. Chloé?... São quatro cravos. É preciso colocar cinco cravos, eu tinha razão, guinchou Chloé. Chloé, eu disse quatro, retificou Laurent. Mas eu preciso ter sempre razão, murmurou ela. Laurent fechou os olhos e suspirou. Chloé... Estou na casa de Laure. Espere, vou me afastar um pouco, os dois aqui estão se xingando, você está com ela? Não, depois eu explico, vim dar comida ao gato. Então, conseguiu achá-la? Não exatamente. Como se chama? Valadier, Laure Valadier. É bonita? Só a vi em fotos. Ela é douradora. O que é douradora? Faz dourações, folhas de ouro, molduras, monumentos. Que barato, entusiasmou-se Chloé, espere, estão me ligando, tenho que ir, você me conta tudo em nosso jantar da próxima quinta. E desligou bruscamente.

Quando voltou para casa, Laurent sentiu que seu apartamento jamais lhe parecera tão vazio e tão silencioso.

Na segunda noite, repetiu o copo de Jack Daniel's e acendeu a lareira. Como haviam combinado, William lhe telefonou para o número fixo do apartamento, na *hora do gato*. Quando ele perguntou se Laurent fora visitá-la, este respondeu: sim. Dessa vez a pergunta o obrigou a transpor um limite mais alto, o da mentira. Depois se instalou no sofá, o gato subiu nos seus joelhos e começou a ronronar, enquanto ele o acariciava suavemente. Laurent disse a si mesmo que nada daquilo poderia durar, desde alguns dias antes havia ido longe demais. Ao passar do belo ato de cidadania, mencionado pelo policial, ao calor da lareira na casa de Laure, tornara-se culpado de invasão de domicílio. Sua investigação de amador se desenvolvera como um sonho e, quando tudo se interrompesse — o que não deixaria de acontecer —, ele se perguntaria se aquele curto período havia de fato existido. Por enquanto, sentia-se tranquilo naquele cenário desconhecido, de luzes suaves, e não tinha a menor vontade de retornar à sua casa. Parecia-lhe que havia vários anos não experimentava tal sensação de quietude, o tempo se dilatava ao ritmo dos estalidos do fogo na lareira. Pouco antes de cair no sono, convenceu-se de que poderia passar o resto dos seus dias naquele sofá, com um gato preto adormecido sobre os joelhos, esperando o despertar e o retorno de uma mulher desconhecida.

Viu-se no terraço de uma torre de La Défense. Um sonho desagradável, que voltava a cada dois ou três anos. E que na verdade não era totalmente sonho. O terraço até devia ainda existir. Tudo acontecia em outra vida. Uma vida em que ele era Laurent Letellier — aconselhamento patrimonial — gestão privada. Uma vida que se concluíra no trigésimo quarto andar de uma torre no bairro financeiro, numa tarde de verão do final do século xx. Após uma longa reunião, todos haviam tomado um cafezinho ao sol, no terraço da torre. Seus colegas tinham tirado o paletó e afrouxado as gravatas, alguns até puseram os óculos escuros. Laurent se afastava do grupo e se aproximava da balaustrada de aço. Contemplava as silhuetas lá embaixo, na calçada, precedidas de suas sombras, desmesuradas àquela hora. Algumas se deslocavam devagar, outras trotavam como formigas — seguramente, rumo a um compromisso no qual dois minutos de atraso seriam muito malvistos. O ar abrasava sua pele, as torres brilhavam ao sol, cortantes como quartzos gigantescos brotados do solo. Ele baixava a cabeça para os cento e quarenta metros de vazio. Havia imaginado que tudo não levaria mais do que alguns segundos. Os colegas ficariam estupefatos, alguns deixariam cair suas xícaras de porcelana, outros abririam muito a boca, sem emitir nenhum som. Ele deixaria aquela jovem que conhecera havia pouco, Claire, ela reconstituiria a própria vida com um cara melhor do que ele. Muitos anos mais tarde, Claire recordaria aquela triste relação iniciada com um rapaz que dera fim aos seus dias sem deixar uma carta de explicação.

Uma existência inteira dedicada à leitura o satisfaria, mas não lhe fora dada. Teria sido preciso escolher seu caminho mais cedo, saber o que iria fazer após o ensino médio. Ter um *projeto de vida*. Laurent se deixara arrastar a estudos de direito que o conduziram ao universo bancário. No início, era interessante ser reconhecido como um elemento promissor, subir na hierarquia, assumir responsabilidades e ganhar a vida muito corretamente. Até o dia em que o indivíduo percebe, de início confusamente e depois com nitidez cada vez maior, que o homem no qual está se transformando é o contrário absoluto de tudo o que ele de fato é. De início esse desacordo é vivido como muito pesado — nos primeiros tempos, o dinheiro que se ganha é uma compensação, mas depois isso não basta. A defasagem ideal-real é grande demais. Ao peso segue-se a angústia; à angústia, a intolerável ideia de que você está desperdiçando sua vida — ou até mesmo de que isso já aconteceu. Laurent foi recuando para se afastar da balaustrada e em seguida se voltou para os colegas. Contemplou-os, consciente de que algo importantíssimo acabava de acontecer: ele tinha friamente imaginado saltar a grade de uma torre de La Défense. Vou mudar de profissão, anunciou a Claire naquela mesma noite — sem, no entanto, relatar a estranha pulsão que o invadira diante do vazio. Vou abrir uma livraria. Ela conversou muito com ele, pediu-lhe que refletisse bastante. Depois não disse mais nada. Laurent negociou amigavelmente sua saída da firma. Claire foi promovida, conseguiu retirar a palavrinha "adjunta" de sua função de diretora de marketing numa fábrica de congelados. Laurent comprou o ponto do Celtique e, na mesma semana, Claire lhe anunciou que estava grávida. Uma nova vida começava.

O final do sonho era sempre o mesmo: ele passava a perna sobre a balaustrada e, quando o calafrio da queda lhe atravessava o corpo, acordava. O gato pulou precipitadamente de seus joelhos. Era mesmo o telefone do escritório que estava tocando. Laurent se levantou e entrou no aposento. A ligação caiu na secretária eletrônica. Uma tecla encimada por um pequeno envelope começou a piscar e logo parou. Laurent hesitou, mas acabou pressionando o envelope. O alto-falante foi acionado. Você recebeu uma nova mensagem. Às vinte horas e quarenta e seis minutos: Boa noite, Laure... aqui é Franck, não tive mais notícias suas, você não atende o celular, bom... Sei que fui indelicado na última vez, mas... enfim, como queira. Quanto a mim, não vou deixar mais nenhum recado... Não vou mais telefonar, se você não me ligar de volta. É isso. Para ouvir de novo a mensagem tecle 1, para salvá-la tecle 2, para apagá-la tecle 3.

Laurent olhou o aparelho e apertou o 3. A mensagem foi apagada. Fim das mensagens. Para o menu principal, tecle 9, para outras opções, tecle 2.

Hélène... Hélène, veja... a curva está aumentando. Vou ficar com ela, disse uma voz feminina. Bipe o dr. Baulieu, respondeu outra voz de mulher, diga que a mão esquerda está dando sinais de atividade. Um formigamento. De início, impreciso, depois localizado. Na ponta dos dedos das mãos e dos pés. A consciência de seu corpo lhe voltara com uma nitidez crescente. Ela ouvia cada vez mais distintamente o sangue latejando nas têmporas. O universo flutuante e macio em que estivera mergulhada havia encolhido até caber num aposento. Embora tudo ainda estivesse escuro, ela teve consciência de um teto e de um espaço fechado por paredes. Sua mente podia se deslocar e circular bem depressa por ali. Um lugar calmo, indeterminado, no qual seu corpo se estendia. Em seguida, abriu os olhos. A visão era embaralhada, excessivamente luminosa e imprecisa, à maneira de uma máquina fotográfica na qual o foco e o ponto visado não quisessem combinar. Uma sombra se aproximou dela, contornos nebulosos, como se evoluísse por trás de uma vidraça fosca. Bom dia, disse a sombra, a senhora está despertando. A sombra se aproximou, o rosto permanecia embaralhado mas se tornava perceptível, olhos, um nariz, uma boca, cabelos louros. Durante seu sono ela já ouvira a voz dessa mulher. Não se preocupe, disse ela, a senhora não tem nenhuma lesão corporal, não está ferida. Havia uma defasagem entre as palavras e o movimento perceptível da boca. O som chegava com pelo menos um segundo de atraso. Sua visão certamente está imprecisa, disse a sombra loura, não tente falar, pisque duas vezes se estiver me ouvindo e entendendo o que lhe digo. Laure piscou duas vezes. Ótimo, aprovou a sombra. A senhora começou a sair de um coma, está num hospital há uma semana. Compreendeu essa informação? Laure abriu a boca para responder. Psiu, disse a sombra, pousando um dedo sobre os lábios dela, como para impedi-la de revelar um segredo. Feche as pálpebras, disse devagarinho, e reflita serenamente, muito serenamente, sobre as informações que acabei de lhe dar. A senhora não tem nenhuma lesão corporal, não está ferida, repetiu a voz. Em seguida pousou a mão sobre a de Laure, estou aqui ao seu lado, não vou sair. Está tudo bem.

Eu sou seu médico, disse o rosto de cabelos brancos, um pouco menos impreciso que o da mulher. Não precisa me responder. Como sua enfermeira lhe disse, a senhora está bem. Está conosco há sete dias e três horas. Pode fazer sim com a cabeça? Isto mesmo. Vou lhe fazer umas perguntas e a senhora responderá "sim" com o mesmo aceno. Está enxergando com um pouco mais de clareza do que quando despertou? Muito bem. Ouve minha voz com certa defasagem? Certo, é normal, isso vai desaparecer. Mexa o pé esquerdo, muito bem, o direito, perfeito, o indicador da mão direita, não, o indicador, obrigado, o mindinho da mão esquerda, de novo, muito bem, respire, expire, perfeito, agora repita esta frase: o pintarroxo sobre o lindo ramo. Vamos lá. Laure disse a frase com uma voz rascante. Linda voz, comentou o médico. Laure fez uma careta. Agora vou fazer quatro perguntas que vão lhe parecer estapafúrdias. Posso começar? Laure fez que sim com a cabeça. Diga o nome de um bichinho de pelúcia ou de uma boneca de que a senhora gostava especialmente quando criança. Renardou, murmurou Laure após um silêncio. Ótimo, encorajou-a Baulieu, e suponho que Renardou era uma raposa. Laure fez que sim com a cabeça. Onde a senhora estava em 11 de setembro de 2001? No Kuwait... as dourações... o palácio do príncipe Al-Sabah. Baulieu acenou com a cabeça. Muito original, comentou, essa resposta eu ainda não tinha ouvido. Como é seu nome? Laure, Laure Valadier. Última pergunta: a senhora sabe por que está aqui? Minha bolsa... murmurou Laure.

Não fale muito, disse William acariciando-lhe a mão, você não deve se cansar. Obrigada por ter vindo. E Belfegor?... sussurrou ela. Não se preocupe, ele vai muito bem, e Laurent cuidou de tudo.
Laurent... Quem é Laurent?
No momento em que Laure fazia essa pergunta essencial — à qual William só responderia por um silêncio inquieto —, Laurent empurrava uma grade de ferro batido que se abria para três grandes pátios enfileirados. Na noite anterior, os dois haviam combinado por telefone, na *hora do gato*, que naquela manhã se encontrariam no ateliê para Laurent devolver a cópia das chaves. Enquanto ele procurava uma tabuleta que indicasse o local do ateliê, seu olhar foi atraído por uma pedra do calçamento recoberta de ouro. Seguia-se outra, a poucos metros, e adiante uma terceira. Como num percurso de conto de fadas, bastava segui-las para chegar ao terceiro pátio, diante da grande área envidraçada do ateliê Gardhier. Uma mulher de cabelos ondulados, com uns óculos de ouro pequeninos, fumava um cigarro em frente à porta. Usava um conjunto de jeans preto e sapatilhas brancas. Laurent se aproximou. Bom dia, disse, depois transpôs a porta e se viu num amplo salão com paredes cobertas de escadas, cordas e ferramentas cujo uso ele ignorava. Posso ajudá-lo?, perguntou a mulher. Sim, tenho um encontro com William. Ele saiu, lamento, disse ela soprando para a luz a fumaça do cigarro. Ah, fez Laurent, desconcertado, eu vinha devolver a ele as chaves de Laure. Laure Valadier? O senhor é amigo de Laure? Sim, alimentei o gato dela. Pois foi para visitá-la que William saiu. O hospital telefonou, Laure acabou de despertar. E como vai ela?, perguntou Laurent. Acho que vai bem, mas William não deu muitos detalhes, saiu correndo, estava muito nervoso, enfim, o senhor sabe como é

William... acrescentou a mulher, com um sorriso cúmplice. Bom, muito bem, murmurou Laurent. Está tudo muito bem, acrescentou baixinho, como se falasse consigo mesmo, e em seguida retribuiu o sorriso. Posso lhe pedir um favor?, disse, tirando do bolso a cópia das chaves: pode entregar a ele o chaveiro de Laure? Claro, disse ela, apagando o cigarro. Laurent lhe entregou as chaves, despediu-se e se afastou pelo pátio, seguindo as pedras de ouro. Sabia o que lhe restava fazer: dar um fim àqueles três dias fora do tempo, à ilusão dessa mulher que ele certamente jamais conheceria. De que jeito ela aceitaria que um desconhecido tivesse penetrado em seu domicílio e dado comida ao seu gato, fazendo-se passar por seu namorado? Aliás, ele mesmo dificilmente poderia se explicar, se por acaso alguém lhe pedisse uma justificativa para seus atos. Às perguntas: por que procurou pessoalmente encontrar a proprietária dessa bolsa? por que, em duas manhãs seguidas, ficou esperando um escritor num parque público? por que pagou do seu próprio bolso à tinturaria Aphrodite? por que não desmentiu, quando um amigo de Laure o tomou por companheiro dela?, Laurent teria uma única e repetitiva resposta — sincera, mas insatisfatória: não sei.

Se entendi bem, eu abri a porta a um homem imaginário que alimentou um gato real durante três dias, concluiu William. Laure e Baulieu o olhavam em silêncio. Você o reviu?, perguntou ela. Não, respondeu William baixinho, antes de soltar uma risadinha nervosa, consciente de que sua resposta acabava de afundá-lo um pouco mais no absurdo. Lamento, William, mas não conheço nenhum Laurent que seja livreiro, suspirou Laure. Bom, vamos deixá-la sossegada, declarou Baulieu, volto no final da tarde. E eu, amanhã de manhã, encadeou William, descanse, disse, acariciando a mão dela. É preciso descobrir de quem se trata, William, não é?, você vai me dizer quem esteve na minha casa? Sim, minha linda, respondeu ele, beijando-a na testa. Não se preocupe, está tudo bem. Laure lhe sorriu e virou a cabeça para o respirador do paciente vizinho. O ruído era obsedante, ao mesmo tempo suave e repetitivo. Teria sido esse som que lhe sugerira o da cascata, no sonho? William e o médico saíram para o corredor. Não, respondeu sobriamente Baulieu, adiantando-se à frase que William ainda não tinha pronunciado. Mas eu acho que sim, doutor... Não, repetiu Baulieu. Ela não se lembra do homem com quem tem uma relação neste momento. Ela está amnésica, doutor. Vou repetir: não, Laure não está amnésica. Nós fizemos todos os testes, e não tenho explicação para esse fenômeno, lamento; em minha opinião isso não tem nada a ver com a medicina. Houve um silêncio. William sentia que, se o professor Baulieu tinha um senso de humor que poderia ser qualificado de *bastante especial*, sua atitude presente era totalmente desprovida disso. Ele estava até um tanto frio e parecia esperar que aquele pequeno confronto se concluísse. Telefone para esse homem e pergunte quem é ele. Não tenho o número, murmurou William, na verdade não tenho como localizá-lo.

Dezessete estações de metrô e uma transferência separavam o hospital do ateliê Gardhier. À medida que as paradas se sucediam, William encadeava as hipóteses até chegar às mais improváveis: da posição de arrombador eventual, Laurent havia passado ao de aparição cuja natureza exata ainda faltava definir. A teoria do malfeitor desabara após três estações. Laurent estava vestido muito corretamente e não tinha cara de quem dissimulava um pé de cabra ou uma gazua embaixo do casaco. Por outro lado, sabia o nome e o sobrenome de Laure. Mais ainda: sabia o nome do gato e também que Laure havia encontrado um escritor famoso, a quem tinha pedido um autógrafo. Em suma, ele conhecia Laure, e no entanto Laure não se lembrava dele. E Baulieu se recusava a admitir a amnésia. Eu sou o único a tê-lo visto, repetia William. Todas as explicações normais se chocavam contra a mais completa falta de lógica. Na quinta estação, ele digitou as palavras "efeito flashback" no iPhone e clicou num artigo da Wikipédia: "Expressão usada pela primeira vez num estudo realizado em 1965 por William Frosch, psiquiatra do Bellevue Psychiatric Hospital de Nova York. Segundo suas observações, certos usuários de LSD manifestam, vários meses depois, transtornos similares àqueles induzidos pelo consumo da substância". Por três vezes, William tinha experimentado cogumelos alucinógenos. A última havia sido quatro anos antes, e ele passara a noite refestelado na banheira, conversando com a torneira da ducha, a qual lhe respondia. Tiveram um intercâmbio filosófico de rara intensidade, sobre temas universais como a morte, a vida no além, a pluralidade dos mundos habitados e a existência de Deus. A torneira dera respostas muito precisas sobre esses assuntos. Na manhã seguinte, ele tinha sido obrigado a constatar que as capacidades intelectuais de suas instalações hidráulicas haviam diminuído severamente, limitando-se agora a água quente/água fria, em ducha clássica ou em massagem. William decidira então nunca mais consumir substâncias psicotrópicas. De qualquer modo, em nenhuma dessas experiências havia visto um homem se materializar e falar com ele. O artigo da Wikipédia descrevia uma eventual desordem passageira nos meses seguintes ao consumo, e não anos depois. Portanto, não se tratava disso. Enquanto caminhava pelos corredores da estação de transferência, William abordou com deliciosa reticência o domínio do paranormal. Instalado num dos assentos da plataforma, imaginou Laurent como a aparição de um morador do apartamento que teria morrido muito tempo antes — afinal, o prédio datava de 1878, estava escrito na fachada. Havia um filme sobre esse assunto, com Bruce Willis e um menino que via pessoas mortas. E também *Ghost*, com Patrick Swayze e Demi Moore, um ápice da comédia romântica em que Patrick Swayze estava realmente muito bonito — mesmo como fantasma. Essa hipótese o conduzia a ficções hollywoodianas, histórias imaginárias brotadas da cabeça dos roteiristas. Nada de real. O metrô chegou e, ao longo de quatro estações, ele brincou com a ideia de que Laurent pudesse ser a manifestação física de um homem em plena viagem astral — uma espécie de lama —, cujo corpo estaria a léguas de distância dali e que possuiria um conhecimento intuitivo de tudo: o nome do gato, o da proprietária do apartamento e até os acontecimentos recentes da vida dela. Mas a teoria não se sustentava — confusa demais, tibetana demais —, e ele não sabia nada sobre viagens astrais nem sobre as capacidades cerebrais dos lamas. Na décima primeira estação, relembrou um documentário ao qual havia assistido alguns meses antes, sobre um sacerdote do início do século XX, o padre Pio. Esse santo homem não só havia recebido os estigmas de Cristo como além disso tinha o dom da ubiquidade, de "bilocação", como o chamava curiosamente o documentário. De fato, o padre Pio tinha sido visto em vários lugares no mesmo momento, lugares que distavam vários milhares de quilômetros um do outro. As testemunhas eram taxativas. Embora discreta quanto ao assunto, a Igreja, contra todas as expectativas, admitira o acontecimento. Essas questões místicas em pleno vagão de metrô conduziram William a três palavrinhas que fizeram um calafrio percorrer sua espinha: anjo da guarda. Porque havia sido justamente quando ele estava no meio de um dilema sobre potinhos de ração a espalhar pela casa, sem ninguém para substituí-lo durante sua estada em Berlim, que a campainha havia soado. O visitante aceitara alimentar o gato em sua ausência, como se tivesse vindo ao quinto andar do prédio somente para isso. Para ajudá-los, a ele e a Laure. Como se essa tivesse sido sua missão desde sempre. William estava se concentrando sobre a probabilidade das visitas angelicais ao centro da cidade quando retiniu o sinal anunciando o fechamento das portas na estação onde ele devia desembarcar. Levantou-se às pressas e saiu para a plataforma. Não, nada se sustentava, nem os anjos, nem os lamas, nem os espectros. Aliás, Laurent iria passar pelo ateliê naquela manhã para lhe devolver as chaves — alguém o teria visto, forçosamente. Esse pensamento o tranquilizou e suas ideias esotéricas se dissiparam, enquanto ele subia a escada rolante.

Assim que transpôs a entrada do ateliê, cruzou com Pierre, que carregava nos braços uma pesada moldura em madeira dourada. E então, disse Pierre, você a viu? Como vai ela? Vai bem, o médico está contente, ela manda beijos para todos vocês, deve sair dentro de quatro dias. Pierre acenou com a cabeça, ela está voltando de longe, comentou. Pierre, me diga, alguém me procurou esta manhã? Não, não vi ninguém. William continuou seu caminho e se aproximou de Agathe, que mexia sua preparação de bolo-armênio diante de uma escultura contemporânea a ser recoberta inteiramente com folhas de prata. Agathe se voltou para ele. E então, como vai ela? Vai bem, está consciente, o médico está contente, ela manda beijos para todos vocês, deve sair dentro de quatro dias. Ufa, comentou Agathe. Agathe, me diga, alguém me procurou esta manhã? Não, não vi ninguém. François, com o cachimbo apagado entre os dentes, aproximou-se deles. E então, você a viu? Sim, ela vai bem, manda beijos, deve sair dentro de quatro dias. Puxa, que boa notícia, meu amigo, comentou François. François, por acaso você viu alguém que teria vindo me procurar esta manhã? Não, ninguém. William fechou os olhos. William!, chamou-o Sébastien Gardhier, debruçando-se do mezanino do primeiro andar: e então, você a viu? Sim, ela vai bem, o médico está contente, ela está consciente e deve sair dentro de quatro dias. Maravilhoso, dê um beijo nela em nome de todos nós, comentou Sébastien Gardhier. William atravessou o ateliê e se precipitou para Jeanne, que estava polindo com pedra de ágata uma douração: Jeanne, perguntou, em tom quase solene, por acaso alguém me procurou esta manhã? Não, respondeu Jeanne, por que você me olha desse jeito? Está com uma cara estranha, e Laure, como vai Laure? Ela vai bem, vai tudo bem. Vai tudo muito bem. E

Amandine, murmurou ele, onde está Amandine? Foi resolver umas coisas, não deve demorar.

Fazia dez minutos que ele caminhava do lado de fora para lá e para cá — a fim de tomar ar, havia usado como pretexto — quando percebeu a silhueta de sua colega na outra extremidade do pátio. Amandine!, gritou, correndo para ela. Amandine ficou paralisada. Meu Deus, não!, disse, apertando o punho contra os lábios, como se quisesse reter as palavras, não me diga que Laure... murmurou, em um sopro. De jeito nenhum, Laure vai bem, está consciente, vai sair logo. Você é maluco!, gritou Amandine, me deu um susto enorme, achei que ela havia morrido. Lamento, balbuciou William, me perdoe. Ainda estou tremendo, continuou ela, olhando suas mãos enquanto William se confundia em desculpas. Tome, um cara veio devolver suas chaves, concluiu Amandine, furiosa, metendo a mão no bolso da jaqueta.

E então?, disse Baulieu, entrando sem bater. Como estamos nos sentindo agora de manhã? Melhor, respondeu Laure. Ótimo, aquiesceu Baulieu. Sentou-se ao lado dela e tirou-lhe a pressão com mão segura, apertando a pequena pera do aparelho. Resolveu o enigma do homem-mistério?, perguntou, sem tirar os olhos do mostrador. Achamos que é um vizinho, disse Laure. Baulieu assentiu com a cabeça. Doze por cinco... Nenhuma vertigem? Náusea? Dor de cabeça? Um pouco, ontem à noite. É normal. Bom, acho que a senhora vai voltar bem depressa às suas dourações, disse ele com um sorriso. Sim, tudo vai recomeçar como antes, murmurou Laure, só que nunca mais vou achar minha bolsa. A senhora compra outra... Não, jamais vou poder comprar tudo o que estava ali dentro. Ninguém pode comprar de novo uma parte da sua vida. Isso deve parecer ao senhor uma bobagem, eu sei, mas é assim. Baulieu deu um sorriso fatalista. Acredito, disse, e pousou a mão sobre a de Laure. A senhora é minha última paciente, estou alegre por concluir minha carreira com um despertar. Obrigada, professor, murmurou Laure, após um silêncio. Não, disse o médico suavemente, virando a cabeça para a janela, sou eu que lhe agradeço. Faça coisas bonitas, Laure, seja feliz, pelo menos tente, a vida depende de um fio, a senhora mesma comprovou isso. O médico se levantou e sorriu para ela. Um detalhe, acrescentou, enrolando o tensiômetro, o velho misantropo que eu sou não acredita muito num vizinho que vai alimentar o gato de uma desconhecida na casa dela. Concluiu a frase com uma piscadela e saiu sem dar mais explicações.

Sentado à escrivaninha da entrada, Laurent consultava o estoque no computador enquanto Maryse, no alto da escada grande, arrumava um pouco os livros históricos. Quanto a Damien, estava em altos papos com um de seus clientes favoritos: M. Berlier, um ex-professor de pós-graduação em matemática, já aposentado. Era sempre muito pitoresco ver aquele cavalheiro de aspecto austero, de gravata e lencinho no bolso, discutindo com aquele garotão de cabelos compridos, de barbicha e brinquinho, que à primeira vista imaginaríamos mais interessado em vinis de reggae do que em ensaios filosóficos. Fazia uma boa meia hora que a conversa deles produzia um fundo sonoro nada desagradável. Pelos fragmentos de frases que Laurent conseguia ouvir, os dois elucubravam prazerosamente sobre o conceito de realidade, mesclando Descartes e a obra recente do matemático Micha Grómov. Para M. Berlier, a realidade não existia verdadeiramente, era uma fórmula matemática no fundo de nosso olhar que reconstruía um conjunto de vazio e de átomos. Ela existe e ao mesmo tempo não existe, objetava Damien. Laurent olhou para Maryse, que ergueu os olhos para o céu, indicando que não estava nem aí para todos esses conceitos e que eles não lhe faziam a menor falta. Um homem de uns cinquenta anos empurrou a porta e se dirigiu a Laurent. O senhor tem *A nostalgia do possível*?

Sim, tenho, respondeu Laurent. Em seguida, como ele o olhava fixamente, o cliente lhe sorriu encabulado. Desculpe, refez-se Laurent, vou buscá-lo. O texto de Antonio Tabucchi sobre Fernando Pessoa. No entanto, o que ele ouvira não era o título do livro, mas uma pergunta de verdade, feita por um desconhecido. Uma pergunta à qual havia respondido com sinceridade: Sim, tenho. E quando esse cliente casual foi embora levando o livro, Laurent se perguntou se aquele homem não tinha empurrado a porta da livraria unicamente para definir com palavras exatas o sentimento que o habitava.

Pode-se sentir a nostalgia daquilo que não aconteceu? O que nós denominamos "pesares", e que concerne às sequências de nossas vidas em que temos quase certeza de não haver tomado a decisão correta, comportaria uma variante mais singular, que nos envolveria numa embriaguez misteriosa e doce: a nostalgia do possível. A nostalgia do encontro com Laure. Nesse possível que não havia acontecido, Laurent revia a cafeteria onde eles tinham marcado encontro. Ela usava o vestido branco de alcinhas, a bolsa lilás e óculos escuros. Aliás, fazia muito sol naquele dia. O tempo estava bonito e os dois escolheram a varanda. Laurent é o senhor?, perguntara ela. Depois de se sentar, havia tirado os óculos. Olharam-se longamente, hesitando sobre a primeira frase a pronunciar, e em seguida os olhos claros de Laure se estreitaram e ela sorriu. Conversaram por muito tempo, e depois passearam pelas ruas. Laurent revia muito bem aquela imagem na qual caminhava ao lado dela, margeando as árvores. Através dos galhos, o sol fazia como que umas manchas sobre o asfalto, Laure usava sapatilhas brancas que, no ritmo dos seus passos, iam da sombra à luz. Depois as sapatilhas tinham parado, Laurent erguera os olhos para ela. Laure o encarava muito fixamente, e ele percebia que aquele era o momento em que os dois iam se beijar.

Era justamente isso que Tabucchi sugeria em seu título: a pessoa havia passado ao lado de algo importante. Ao lado de um amor, ao lado de uma profissão, ao lado de uma mudança para outra cidade, outro país. Outra vida. Ao *lado* e ao mesmo tempo *tão perto* que às vezes, em instantes de melancolia próximos da hipnose, se podia apesar de tudo apreender parcelas desse possível. À maneira de uma frequência de rádio que transmitisse de muito longe. A mensagem fica embaralhada, mas, aguçando o ouvido, percebem-se trechos da trilha sonora dessa vida que não aconteceu. A pessoa se ouve pronunciando frases que jamais disse, escuta os próprios passos ressoando em lugares onde nunca esteve, distingue a ressaca numa praia em cuja areia jamais pisou. Ouve a gargalhada e as palavras de amor de uma mulher com quem nunca esteve. A ideia de uma história com ela nos atravessou a mente. Talvez ela concordasse — é até provável —, mas nada se produziu. Por uma razão desconhecida, nós não cedemos à deliciosa vertigem que acompanha os poucos centímetros que devíamos percorrer em direção ao rosto da outra pessoa, no primeiro beijo. Passamos ao lado, passamos tão perto que alguma coisa restou.

Damien e o professor continuavam seu esquete e agora se azucrinavam sobre a pluralidade dos universos, citando hipóteses emitidas por pesquisadores com sobrenomes de consonâncias russas. Laurent se perguntou se naqueles universos existiriam livreiros que, também eles, carregavam caixas de papelão, faziam inventários e eventualmente encontravam bolsas de mulher. Ao ter esse último pensamento, ele se reclinou na poltrona e fitou a pracinha lá fora. A realidade que se via dali talvez não fosse mais do que uma fórmula matemática no fundo de nosso olhar, já que no de Laurent não se imprimiam nem as grades, nem as árvores, nem a estátua. Sua mente estava longe. Na casa de Laure. Mais precisamente, no patamar: ele se adiantava até a porta, virava a chave na fechadura e imediatamente Belfegor saía para rolar ali no chão. Laurent entrava no apartamento: os quadrinhos, a tigelinha com as chaves douradas, o fícus na luz da janela... Ele avançava até a cozinha, servia-se um copo de Jack Daniel's e penetrava na sala. Sentada no sofá, Laure se voltava para ele e lhe sorria.

Quando chegaram ao patamar, William estendeu a ela sua cópia das chaves e pigarreou. Preciso lhe dizer uma coisa, antes que você entre... Eu menti, para não deixar você preocupada. Laure olhou para ele. Aconteceu alguma coisa com meu gato? Não, não... gemeu William, suspirando. Decididamente, havia começado mal, sem querer já fizera uma colega imaginar a morte de Laure, agora era a do gato. Pensou na mesma hora que seria urgente tirar umas férias. A Tailândia, talvez, ou Bali. Longe, em todo caso. Seu gato vai muito bem. Vai tudo muito bem, afirmou. É sobre sua bolsa... ela está aí, voltou. Como assim?, perguntou Laure, e, já que William não respondia mais nada, virou a chave na fechadura. Belfegor saiu imediatamente. Oh, meu fofinho, estou aqui!, exclamou ela. Pegou o gato nos braços e entrou no apartamento. Assim que pôs os pés na sala, experimentou aquela sensação que nos invade quando voltamos para casa após uma longa ausência. Os locais familiares estão como que restaurados do hábito que temos de olhá-los e, em suma, de não mais os ver. Tudo parece mais intenso, à maneira de uma fotografia que tivesse recuperado as cores e os contrastes originais.

A sala estava banhada de sol e o gato pulou dos braços da dona para ir se espojar sobre o assoalho. Laure olhou para William. Em seu quarto..., disse ele. Ela avançou até a porta do quarto e empurrou-a. A bolsa lilás estava em cima da colcha branca. Ao lado, estendia-se o vestido, num cabide. Sobre as alças da bolsa havia um envelope, escrito à mão, com caneta-tinteiro preta: Para Laure Valadier. William fechou os olhos e mordeu o lábio inferior.

Na mesma tarde em que havia recuperado as chaves, William voltara ali para alimentar o gato. Ao abrir a porta do apartamento com sua cópia, constatara uma variante: nenhuma das travas fora acionada — a porta estava simplesmente batida. Algo não combinava, e ainda assim tudo parecia tão normal que ele demorou vários minutos para penetrar no quarto, onde encontrou a bolsa, o vestido e a cartinha. Não resistiu, claro, à tentação de ler esta última. Ele tinha sua parte de responsabilidade nos acontecimentos que haviam levado ao reaparecimento da bolsa em cima da cama. Removeu a cúpula do abajur da sala e passou o envelope lacrado sob a lâmpada, a fim de percorrer o texto contra a luz. Laurent, o livreiro, não era o mais recente namorado de Laure. Era um homem casual, um transeunte que recuperara a bolsa lilás na rua. William se sentou no sofá e resolveu não dizer nada a Laure, para não deixá-la nervosa. Ela estava num leito de hospital, recém-saída de um coma que havia durado mais de uma semana. Levá-la a pensar que o desconhecido era um vizinho que lhe fizera um favor pareceu para ele a melhor opção, até ver o que acontecia. E isso funcionou. Assim que ele retornou ao quarto do hospital, Laure puxou de novo o assunto: quem era aquele Laurent, livreiro, que fora à casa dela para cuidar do gato? De onde a conhecia? Como era ele fisicamente? O que havia dito? William escolheu simplificar ao máximo o aparecimento de Laurent: ele havia tocado a campainha e queria falar com Laure. Era muito educado. William lhe contara que ela não estava em casa, mas sim no hospital, e acrescentara que deveria se ausentar por três dias e não sabia quem iria dar a ração ao gato. Então Laurent se oferecera gentilmente — e ele não tinha visto nenhum motivo para recusar esse favor. William concluiu com a seguinte frase: É um dos seus vizinhos, Laure, quem mais poderia ser? Sim... ela admitiu, você deve ter razão. O prédio tem novos moradores. Um cara muito gentil no segundo andar, que poderia corresponder à sua descrição, creio ter entendido que ele trabalha com histórias em quadrinhos. Pronto, aprovou William, ele deve ter uma livraria de histórias em quadrinhos. Por dentro, suspirou de alívio. Mas, neste momento, já não era o caso. Devia enfrentar a realidade: sim, tinha dado as chaves do apartamento e confiado aquela maravilha de gato, a quem ela era apegada como à luz dos seus olhos, a um perfeito desconhecido. Agora, Laure estava sentada na beira da cama. Tendo aberto o envelope, lia a carta curtinha que William poderia recitar de cor.

Prezada Laure Valadier,
	Lamento muito ter entrado a tal ponto em sua vida, não era minha intenção. Achei sua bolsa na rua, um dia de manhã, e me deixei levar pela tentação de encontrar a proprietária para devolvê-la. As coisas se encadearam um pouco alheias à minha vontade.
	Sei que agora a senhora está melhor. Também sei que desisto de conhecê-la. Fui longe demais. Como escreve Patrick Modiano, de quem a senhora parece gostar muito, em Villa triste*: "Existem seres misteriosos, sempre os mesmos, que se mantêm como sentinelas em cada encruzilhada de nossa vida". Digamos que, involuntariamente, eu tenha sido um desses.*
	Atenciosamente. Adeus.

Laurent

Os objetos se espalhavam em silêncio sobre a cama. O gato havia subido na colcha e os farejava com atenção. Tudo aquilo cuja perda Laure havia lamentado, e que só imaginava rever na imaginação, acabava de reaparecer. O primeiro que ela sentiu, pelo tato, foi o espelho de bolso em latão, decorado com passarinhos, que sua avó lhe dera no aniversário de oito anos: "Chegou a hora de este espelho refletir de novo a imagem de uma linda menina", dissera com malícia. Era o primeiro *melhor* presente recebido por Laure, que nunca se desfizera dele. Depois veio o molho de chaves com o *pendentif* egípcio que trazia seu nome e oferecido pelo cliente do Cairo. A corrente se rompera seis meses antes e ela mesma o prendera à argola das chaves com um alicate de joalheiro tomado de empréstimo no ateliê Gardhier. Com a ponta dos dedos, sentiu o trabalho em guilhochê do isqueiro dourado de sua mãe, que ela deixava permanentemente na bolsa para oferecer aos amigos fumantes quando eles não tinham fogo. Tirou-o e girou a roldana — o isqueiro se acendeu. Bem no fundo, encontrou as três pedrinhas, a pequena e branca recolhida nas Cíclades no verão de 2002, com Xavier, na ilha de Antiparos, a cinza e comprida apanhada num parque em Edimburgo, aonde ela fora a passeio quatro anos antes, a preta e redonda proveniente da Bretanha ou do sul da França, ela não se lembrava mais... Sua agenda estava ali, assim como a Montblanc de Xavier. A presilha de cabelos com uma flor azul em tecido, que ela possuía desde os quinze anos, depois de espiá-la por várias semanas na vitrine da loja. O plástico nunca havia se quebrado, o que demonstrava a qualidade irrepreensível dos acessórios vendidos na Candice Beauté. O par de dados vermelho-fetiche, dados de jogo comprados em Londres mais de cinco anos antes, numa loja especializada e que ela às vezes usava para tomar decisões. O batom Coco Shine, de Chanel, vermelho mas puxando para o coral, a receita de moleja de vitela arrancada de uma *Elle* duas semanas antes no consultório do dentista, bem no momento em que este último abria a porta — ele certamente havia percebido, mas não disse nada. *Accident nocturne*, de Patrick Modiano: ela abriu na folha de guarda. "Com licença... lamento abordá-lo assim em plena rua, eu nunca faço isso, realmente nunca, mas... O senhor é Patrick Modiano, não?" "Sim... Bem... Sim... Sou eu." O celular tinha sumido, só restara o carregador. A carteira também, mas a caderneta Moleskine vermelha estava ali. Laure a abriu e percorreu seus próprios pensamentos anotados ao acaso dos trajetos de metrô e das varandas de cafeterias. Os "eu gosto" e os "tenho medo". Um lembrete sobre ração a comprar para Belfegor. Um sonho, outro sonho. Em seguida, pegou o envelope com as fotos e reviu a de seus pais tirada numa estrada do sul, no final dos anos 1970, e a de Xavier, de pé no jardim da casa dos pais dela, perto da macieira. Havia batido aquela foto pouco antes de um daqueles almoços de verão aos quais tinha voltado em sonho na semana anterior. Numa terceira imagem da casa, vista do fundo do jardim, observando-se bem podia-se perceber Sarbacane escondido entre os ramos do salgueiro-chorão. Laure estendeu a mão para Belfegor e passou os dedos no pelo dele, fechando os olhos. Tinha pensado que nunca mais reveria essas imagens que conservava zelosamente na bolsa e cujos negativos estavam perdidos havia muito tempo. O talão da tinturaria não se encontrava mais no compartimento pequeno, mas o vestido estava ali, impecável em sua embalagem. Ela tirou da bolsa um grampo de cabelos e prendeu com ele as mechas que lhe caíam sobre o rosto. Ao lado da nécessaire de maquiagem e do livro de Modiano, colocou a garrafinha de Evian ainda pela metade, da qual havia tomado um gole dentro do táxi poucos minutos antes de ser agredida. As coisas da bolsa lhe pareceram ainda mais numerosas do que em sua lembrança, e, à medida que ela ia tirando objetos às vezes esquecidos, tinha a impressão de haver retornado à infância, junto ao pinheiro de Natal, quando desembalava os presentes de sua bota vermelha de pano. A irmã tinha uma bota igual e o mesmo número de presentes, mas os desembalava sempre mais depressa — o que a fazia imaginar que Laure com certeza havia recebido uma quantidade maior, já que demorava mais para esvaziar sua bota. Em seguida, vaporizou o perfume no pulso, pousou suavemente neste o nariz e fechou os olhos. William... disse. Imóvel como uma estátua no vão da porta, William respondeu fracamente: Sim? Fale-me desse Laurent.

Gosto da maneira que esse homem tem de desaparecer sem deixar endereço
Gosto de sua carta
Gosto que ele seja livreiro
Tenho medo de que ele seja meio maluco
Tenho medo de nunca o conhecer

Acho aterrorizante a ideia de um desconhecido ter vindo à minha casa, mas gosto da ideia de Belfegor não ter sentido medo dele. Isso prova que esse homem não é aterrorizante (paradoxo)

Gosto da ideia de que um homem tenha se dado tanto trabalho para me encontrar (ninguém jamais teve tanto trabalho por minha causa)

Quantos livreiros em Paris se chamam Laurent?

Ela acreditava que não havia acendido a lareira nas semanas anteriores ao furto, mas não tinha muita certeza. Talvez ele tivesse ateado fogo a algumas achas numa noite mais fria, talvez não. Afora esse detalhe, o apartamento não guardava nenhum vestígio da presença de Laurent. Aquele homem havia passado por ali como uma corrente de ar — apenas o gato tinha dele uma lembrança muito precisa e seguramente acompanhara todos os seus atos e gestos, mas se recusava a informar o que quer que fosse. Laurent — pois era assim que se chamava — havia passeado o olhar sobre os objetos dela, os quadros, as prateleiras — os livros, certamente. Se ele era livreiro, as escolhas literárias dela o teriam convencido de que valia a pena procurá-la? *Accident nocturne* autografado o seduzira a ponto de ele querer saber mais sobre a mulher que havia dominado a própria timidez para deter Patrick Modiano em plena rua? Àquela hora tardia, Laure já sabia de cor a carta de Laurent. Com que então aquele homem havia recolhido sua bolsa na rua — mas qual rua? Sem dúvida, tinha levado a bolsa para casa e esvaziado o conteúdo. Em seguida havia examinado cada objeto, com alma de detetive, a fim de encontrar uma pista. Devia ser meio doido. Ou então romântico. Ou ter uma vida muito tediosa. Talvez até as três coisas, imaginou Laure. Ele tinha esmiuçado a agenda dela e sobretudo sua Moleskine vermelha. Portanto conhecia seus medos, sabia do que ela gostava, tinha lido até seus sonhos. Nenhum de seus namorados jamais soubera tanto a seu respeito. Somente Xavier havia sido autorizado a escutar algumas listas de "eu gosto" e de "tenho medo", lidas em voz alta. E mais: Laure as selecionara. Nunca, antes de Xavier, nem depois dele, algum homem tivera permissão para tomar conhecimento daquelas páginas. Ela já perdera a conta das cadernetas que havia preenchido, desde a adolescência. Estavam todas cuidadosamente arquivadas no porão, em quatro caixas de sapato. Com que então, havia nessa cidade um homem que sabia quase tudo sobre ela. Um homem que ela nunca encontrara e que no entanto conhecia sua decoração, tivera toda a tranquilidade para olhar de perto cada um de seus objetos, havia acariciado seu gato, sabia exatamente o que sua bolsa continha, quais eram suas leituras, qual era a aparência de seu quarto. Os outros homens tinham tido acesso ao seu corpo, mas, à exceção de Xavier, nunca haviam aberto por completo a porta de sua mente. Não que não tivessem desejado isso: era Laure que não queria se entregar. Não conseguia. Franck, o mais recente, pagara o preço. Tinha insistido muito em vir à casa dela. Assim que ele chegou, Belfegor se escondeu embaixo do sofá. Franck fez comentários inconvenientes sobre os objetos e os quadros. A coleção de dados da escrivaninha lhe pareceu "esquisita". Laure aproveitou um momento em que ele se afastava para jogar um par — obteve o 1 e o 2. Você tem livros de Sophie Calle? Essa moça é meio pirada, não? Laure não respondeu nada. À medida que os minutos passavam, ela sentia que seus traços se tensionavam e que seu olhar se endurecia. Sabia que convinha tomar cuidado com seus olhos pálidos, que sob o efeito da raiva podiam se tornar tão fixos e impressionantes quanto os dos lobos. Quando Franck aludiu a William, desenvolvendo uma teoria que ele achava espirituosa sobre as mulheres e seus "colegas veados", que, em sua opinião, viam as amigas como irmãs ou mães substitutas, Laure compreendeu que não dormiria com ele naquela noite. Ainda por cima Franck era um amante bastante medíocre. Ela fez a ceninha da enxaqueca e do cansaço repentino e o despachou para casa. Só então o gato saiu de debaixo do sofá, visivelmente furioso por ter sido obrigado a passar mais de uma hora ali, e foi se deitar sem conceder um só olhar para a dona.

Encontrar uma mulher a partir de sua bolsa roubada. Nenhum dos homens que ela havia conhecido tomaria uma iniciativa dessas. Nem seu pai, nem Xavier. Este até poderia tirar os objetos de uma bolsa feminina abandonada e examiná-los, mas, sem documento de identidade nem telefone, descobriria alguma pista? Aliás, de que jeito Laurent se arranjara para chegar até seu apartamento? William havia dito que escutara a campainha, abrira a porta e o encontrara no patamar. Laure tinha certeza, nenhum dos objetos de sua bolsa — afora a carteira — continha ou trazia seu nome, e muito menos seu endereço. Laurent dissera que havia telefonado várias vezes — claro, o número dela estava no catálogo, mas ainda assim era preciso saber seu sobrenome. O único elemento de que ele dispunha era o livro de Modiano com a dedicatória. A partir desta, porém, ele só podia deduzir o primeiro nome. Mesmo que esse homem tivesse lançado mão de tesouros de paciência e de raciocínios dignos dos melhores investigadores policiais, nada podia lhe revelar algo mais do que um primeiro nome. Ele havia chegado até a buscar o vestido de alcinhas na tinturaria — certamente comparando a data da agenda com a do talão —, era uma boa tentativa, mas na Aphrodite Pressing ninguém jamais soubera nem o sobrenome nem o endereço dela.

Na verdade, eu não sei sobre ele mais do que ele sabia sobre mim no início: só tenho um primeiro nome, imaginou Laure, entrando no banho de espuma que havia preparado. O gato pulou na borda da banheira e se instalou num canto, como uma estátua, sem tirar os olhos dela. Você o viu, Belfegor, você sabe tudo. Diga alguma coisa, implorou Laure. O gato apertou os olhos dourados e fitou a dona. Laure pensou na deusa egípcia Bastet — Belfegor havia adotado exatamente a mesma postura. Entrou no banho fechando os olhos, havia sonhado com esse instante durante todos os seus últimos dias de hospital. Prometera a si mesma que, no momento em que deslizasse para dentro da banheira sob a espuma com aroma de acácia, tudo acabaria. A água bem quente e a espuma cobriram seus seios e depois subiram até o pescoço. Ela deixou a cabeça escorregar até que as orelhas desaparecessem sob a água. Os sons externos emudeceram, o calor a envolvia num silêncio acolchoado. Instintivamente, passou a mão entre os seios, mas não encontrou nada. Desde que sua corrente de ouro se rompera, ela não usava mais nada no pescoço. Havia guardado cuidadosamente numa gaveta do quarto o ovinho em esmalte vermelho Fabergé herdado da mãe. Quanto ao cartucho egípcio, ela o pendurara junto com as chaves.

Laure abriu os olhos e se reergueu na banheira. O cartucho com os hieróglifos. Só ele trazia seu sobrenome.

Chloé olhou o pai. Ele parecia contrariado e vagamente ausente. Não tirava os olhos da prateleira de sacos de ração, especialmente da fileira onde se exibiam cinco pacotes azuis da marca Virbac Adult Cat — sabor pato, *with duck*. Claire estava fora de Paris e Bertrand, fotografando. Laurent havia sido requisitado para a consulta anual de Pútin ao veterinário. Sobre os joelhos de Chloé, o gato em sua caixa de transporte soltava miados intermitentes que ela logo fazia cessar, passando os dedos ao longo da grade. Talvez tivesse exagerado na última conversa com o pai, dizendo-lhe que ele havia sido um *inútil* por concluir daquele jeito a história da bolsa. Ficara muitíssimo decepcionada pelo fato de que toda aquela bela investigação, da qual ela participara um pouco, terminasse assim — por uma carta à qual Laure nem sequer poderia responder. Laurent tinha sido inflexível: não, não podia colocar seu telefone nem seu e-mail no final da carta. Devia desaparecer, apagar-se, e de nenhum modo ser obrigado a responder às perguntas muito legítimas que a proprietária da bolsa lhe faria sobre seu comportamento. Excessiva prudência masculina? Desconhecimento do caráter feminino e de suas possíveis empolgações? Laurent havia optado por uma solução que, embora permitisse uma saída elegante, fechava para sempre o parêntese de sua aventura.

  Lá também havia um gato?, perguntou Chloé. Parecia estar recordando um país longínquo ao qual ninguém retornaria, à maneira daqueles exilados que rememoram a terra de sua infância. Sim, disse sucintamente Laurent. Como era ele? Preto. Qual era mesmo o nome? Belfegor, respondeu Laurent. Não, não o do gato, o nome completo dela. Laure Valadier.

  Pútin, pronunciou devagar o veterinário, entrando na sala de espera. Duas senhoras com cachorrinhos interromperam a leitura de suas revistas e se entreolharam. A primeira levantou as sobrancelhas, com ar consternado, a outra balançou a cabeça, pobre animal, murmurou. Assim que foi tirado da caixa de transporte, Pútin fez sua cara de demônio e bufou para o veterinário. Ele sempre fica muito contente por me ver, comentou o médico num tom falsamente jovial, este gato é uma verdadeira propaganda para nossa profissão. Laurent se aproximara das muitas fotos de animais pregadas à parede. Entre um husky e um gato norueguês, havia um gato preto, em pose de estátua, que fitava a objetiva e parecia esperar tranquilamente.

Laure se sentou numa varanda de cafeteria e pediu uma *noisette*.* Se fosse fumante, certamente acenderia um cigarro com o ar concentrado que os consumidores de nicotina adotam em sua primeira baforada. Doze livrarias, e nenhum Laurent que correspondesse. Releu a descrição que havia anotado segundo o retrato falado que William tinha feito: alto, magro, cabelos castanhos, quarenta e cinco a quarenta e sete anos, olhos castanho-escuros. Na noite da véspera, ela havia listado as livrarias de sua área, eliminando de saída L'Île en Livre e Fleur de Mots, em que comprava as obras que a interessavam e cujos livreiros e vendedores conhecia — ou de vista ou pelo primeiro nome. Partiu do princípio de que o ladrão não devia ter atravessado Paris inteira para largar sua bolsa numa rua. Portanto, Laurent podia ser um livreiro do bairro ou, pelo menos, do arrondissement. O garçom trouxe a *noisette* e Laure serviu na xícara seu sachê de açúcar. Havia começado por Au Fil des Pages, uma livraria situada a cinco ruas de sua casa.

Bom dia, minha pergunta vai parecer estranha, mas será que algum dos livreiros que trabalham aqui se chama Laurent? Laure havia pronunciado essa frase pelo menos oito vezes. Com uma voz doce, acompanhada de um sorriso, como costumamos fazer quando desejamos nos desculpar de antemão por uma pergunta meio disparatada. Tinha encontrado quatro Laurent. Na primeira vez, quando a mocinha loura lhe respondeu: sim, claro, vou chamá-lo, ela sentiu um baque no coração. A vendedora se levantou do caixa e desapareceu atrás de uma estante: Laurent!, gritou na direção de uma

---

* Literalmente, "avelã". Aqui, café com pequena quantidade de leite, o que lhe dá a cor desse fruto. É mais ou menos o que conhecemos por "pingado" no Brasil. (N. T.)

escada, tem alguém à sua procura. Ele já vem, disse a moça ao voltar, antes de atender ao cliente seguinte. Um homem de uns quarenta anos, cabelos castanhos e oclinhos de metal, aproximou-se de Laure: Boa tarde, finalmente nos encontramos, exclamou, estendendo-lhe a mão. Foi fácil achar o lugar? Laure fez um curto silêncio encabulado e em seguida, sem tirar os olhos dele, disse sorrindo que afinal o caminho para chegar ali não era evidente. Eu sei, eu sei, admitiu o homem, com ar contrariado, desde que começaram as obras em pleno cruzamento nós ficamos bem menos visíveis, mas a senhora veio até aqui, isso é o que importa. Vou lhe mostrar onde colocamos os livros de bolso, disse, convidando-a a segui-lo. Realmente precisamos ficar de olho neles, não são poucos os furtos desses artigos, mas, bom, a senhora conhece isso. A outra área do seu interesse fica bem ao lado, acima da mesa, aqui, e lá naquelas cinco prateleiras: os policiais. A senhora me escreveu que conhecia muito bem os autores americanos, perfeito, mas eu também faço questão do policial francês. O que a senhora leu recentemente? Laure o encarou, há um... erro de pessoa, disse, com um sorriso confuso. *Erro de pessoa?*, perguntou o livreiro, franzindo as sobrancelhas. Não, isso não me diz nada, quem o escreveu?

O infeliz não devia ter compreendido coisa alguma na história de bolsa e de gato, e Laure foi embora, pedindo desculpas. Na Enjolivre, ninguém se chamava Laurent, assim como em La Compagnie des Mots, L'Arbre à Mots e La Belle Plume. Em contraposição, o proprietário do Chat à Lunettes respondeu com um amplo sorriso: Laurent...? Sou eu. Só que ele tinha em torno de sessenta anos, cabelos brancos e usava uns óculos com armação de plástico azul-celeste. Mais uma vez, Laure precisou explicar confusamente sua história da bolsa trazida por um livreiro chamado Laurent, que também alimentara seu gato, mas não deixara nenhum endereço para que ela o localizasse. Lamento, isso tudo não deve lhe parecer claro, desculpou-se Laure, que nesse momento resolveu excluir o gato de sua narrativa, porque aquilo era difícil demais de explicar de saída a um desconhecido. De maneira nenhuma, há histórias muito mais complexas em matéria de bolsa e de gato, respondeu o dono da livraria. Esta, por exemplo, escute bem: Tendo ido a Notre-Dame, vi

um homem com sete mulheres. Sete mulheres, cada uma com sete bolsas. Cada bolsa continha sete gatas. Sete gatas, cada uma com sete gatinhos. Ao todo, quantos foram a Notre-Dame?
... Quarenta e nove vezes quarenta e nove, mais sete mulheres, mais o homem... Muitos, respondeu Laure. Não, disse o livreiro, pouquíssimos. Na verdade, a resposta é: um. Somente eu fui a Notre-Dame. Aonde vão o homem, as mulheres, as bolsas e as gatas, nunca saberemos. A senhora perdeu, mas não se amofine, ninguém acerta a resposta, vamos almoçar? Laure declinou educadamente do convite do Chat à Lunettes e retomou sua busca. Ainda encontrou dois Laurent. Um moreno alto, de cabelo raspado, e um barbudinho grisalho. Nas três últimas livrarias de sua lista, contentou-se em empurrar a porta e apreciar os livreiros presentes. Nenhum correspondia à descrição feita por William. Só havia três mulheres em L'Arc em Mots; em Le Cahier Rouge, uma mulher loura atrás do caixa e um jovem grandão, de barbicha; e La Boîte à Livres era mantida por um casal de homens e nenhum deles correspondia à descrição. Ela já se preparava para fazer a última tentativa na Mots Passants, onde um homem de uns quarenta anos, de cabelos castanhos, estava diante do computador, quando o telefone da loja tocou. Ele atendeu: Mots Passants, boa tarde, disse. E acrescentou em seguida: Não, é Pierre...
 Mesmo que Laurent tivesse encontrado a bolsa nos arredores, isso não implicava que sua livraria ficasse perto. Ele podia muito bem morar naquele arrondissement e ser dono de uma livraria no outro lado da cidade. Também podia ter estado ali só de passagem. O ladrão podia ter fugido para longe, talvez pilotando uma scooter estacionada a poucas ruas da casa dela. Talvez até tivesse tomado o metrô e abandonado a bolsa a dez estações dali. Laure se perguntou o que Sophie Calle faria de uma história como a sua. Com certeza, uma compilação infinitamente mais poética do que a tarde que ela acabava de passar. Aos poucos, Laure foi se acostumando à ideia de que havia perdido, de que o fio se detinha ali e de que ela jamais encontraria o desconhecido que citava Modiano, alimentara seu gato e escrevera: "Lamento muito ter entrado a tal ponto em sua vida, não era minha intenção". Pousou nos joelhos a bolsa lilás, tirou a carteira comprada na véspera e organizou seu dinheiro trocado. Ao

afundar a mão na bolsa, tocou os dados vermelho-fetiche. Um dia eu vou encontrar Laurent, o livreiro?, perguntou em silêncio, antes de deixar cair os dois dados sobre o mármore branco da mesa. Então deu um sorrisinho fatalista. O destino, embora otimista segundo os números, era desmentido pela realidade. Ela pegou a Montblanc e riscou, um após outro, os doze nomes de livraria que havia anotado na caderneta vermelha.

No grande escritório envidraçado do primeiro andar, Chloé olhava em silêncio o proprietário do ateliê. É uma moldura do século XVIII, típica, o ouro está desgastado..., murmurava Sébastien Gardhier, inspecionando o quadrinho da natureza-morta. Vai demorar um mês, será que seus pais têm muita pressa? Chloé fez que não com a cabeça. Posso ir ver as pessoas trabalhando aqui no seu ateliê? Sébastien olhou-a, sorrindo, sim, pode, tem até o direito de fazer perguntas a eles, mas deve sobretudo observar. É a primeira coisa: é preciso observar, disse, erguendo o indicador. Então vá, e abra os olhos, acrescentou, acompanhando-a até a escada.

 Esta moldura está feia, Chloé tinha declarado na véspera, em pleno jantar. Bertrand havia acompanhado o olhar da garota até um quadrinho na parede. Por favor, Chloé, respondeu, agastado, este quadro é muito importante para mim, herdei do meu pai. Eu não disse que o quadro é feio, suspirou Chloé, falei da moldura, veja, está toda fosca. É verdade, admitiu Bertrand, garanto que nem sempre foi assim. O quadro representava uma lagosta-americana, no centro de uma natureza-morta bonitinha. Chloé explicou então que a mãe de uma de suas colegas de turma fazia douração, e se ofereceu para levar o quadro até ela. Este quadro não é uma prioridade, minimizou Claire. Mas agora é, cortou Bertrand, muito solene, fico muito feliz que Chloé se interesse por um objeto que me diz respeito. Amanhã de manhã você tira o quadro, Chloé, nós dois o embalaremos e você o leva à sua amiga. Talvez fique um tanto caro, atenuou Chloé, à meia-voz. Isso não tem a menor importância, prosseguiu Bertrand no mesmo tom categórico, eu posso perfeitamente bancar a nova douração desta moldura. Chloé fez que sim com a cabeça e em seguida anunciou que ia buscar a sobremesa na cozinha. Claire olhou para Bertrand, Aprecio muito seu gesto, disse com doçura, e lhe agradeço. Sabe, disse Bertrand, servindo-lhe mais vinho, acho que sua filha, por trás das atitudes muitas vezes rebeldes, esconde uma verdadeira dona de casa. Ela ainda vai nos surpreender.

Um nome, um sobrenome, uma profissão. Chloé só precisou de quatro minutos para localizar na internet o endereço profissional de Laure Valadier.

O ateliê estava silencioso. Sete douradores trabalhavam. O primeiro cujo olhar cruzou com o seu era um jovem de cabelos descoloridos e cortados rente. Chloé descartou automaticamente os homens: esse, o barbudo grisalho que ruminava seu cachimbo apagado e um moreninho com gel nos cabelos. Uma mulher morena com rabo de cavalo virou-se para ela e lhe sorriu. Tenho permissão para olhar, disse suavemente Chloé, aproximando-se. A moça colocava folhas de prata, umas ao lado das outras, sobre uma grande placa de vidro. O movimento do pincel, indo do rosto dela à almofada de couro, tinha algo de hipnótico, e cada folha pousava com precisão milimétrica no lugar previsto. Chloé observou a douradora. Ainda que esta tivesse um belo rosto, algo lhe dizia que seu pai não poderia se apaixonar por uma mulher como aquela. Descartou de saída a vizinha dela, uma loura de cabelos curtos, expressão antipática. Impossível, pensou. Aquela outra, de cabelos ondulados e oclinhos de ouro, poderia ler Modiano, detê-lo na rua para pedir autógrafo num livro e guardar o volume numa bolsa de couro lilás? Chloé se aproximou dela. O jeans desbotado e as sapatilhas brancas lhe davam um aspecto afável. Seria Laure? Parecia uma mulher que compra uma bolsa lilás? Chloé não sabia o que pensar. O batom desta era rosa perolado e as pálpebras, marcadas por uma sombra verde-água. Nenhum dos produtos de beleza que ela havia visto na nécessaire podia convir a essa mulher. Chloé se deslocou um passo e, atrás de um painel recoberto de folhas de ouro, topou com um olhar pálido. Azul-claro ou azul-cinza. Aproximou-se devagarinho. Esta aqui tinha cabelos castanhos até os ombros, com três mechas presas em tufo no alto da cabeça por uma presilha com uma flor azul, usava um pulôver cinza, uma saia de stretch preto e botinas com salto. À medida que se adiantava, Chloé notou a pele rosada do rosto dela e, mais um detalhe, um sinal acima do lábio superior. A moça aplicava suas folhas de ouro na base de uma estátua antiga, com aquele mesmo movimento da folha levada pela eletricidade estática e sua adesão quase mágica à superfície úmida. Pegou uma espátula e, sobre a almofada em couro de bezerro, cortou em triângulo a próxima folha e em seguida a colocou num ângulo no qual esta se fundiu perfeitamente à massa. Bom dia, cumprimentou com delicadeza, está de passagem por aqui? Sim, eu trouxe uma moldura dos meus pais para restaurar e queria observar. Tem razão; como vê, cada um de nós tem sua almofada de couro e sua espátula, há doze operações antes disto que estou fazendo agora. Na verdade, você doura um monte de troços, disse Chloé, passando ao tratamento mais informal. Os olhos pálidos se estreitaram e ficaram sorridentes. Fiz muitos troços, como você diz, forros, grades, tetos... Chloé não a escutava mais: fitava a caxemira cinza sobre a qual acabava de descobrir aquela pontinha luzidia característica que penetra entre as fibras e resiste às escovas de velcro: um pelo de gato. Preto. Seguido de outro e mais outro. Inclinou-se bem perto de Laure e fechou os olhos: sim, era mesmo Habanita. Já não havia dúvida, a mulher da bolsa lilás era ela. Chloé reabriu os olhos, enquanto Laure se preparava para instalar mais uma folha. Ele se chama Laurent Letellier, murmurou Chloé bem na nuca da outra, é o livreiro de Le Cahier Rouge. A mão de Laure se deteve, a folha perdeu a eletricidade estática e caiu girando até o chão.

Quarta-feira, 29 de janeiro

Não escrevo meu diário desde os dezessete anos, na verdade parei pouco tempo depois do exame final do ensino médio. No entanto, eu o tinha mantido muito regularmente desde os doze ou treze anos. (Tratar de procurar meus diários nas caixas do porão.) Lembro que nessa época colava nele um monte de coisas: ingressos de cinema ou de teatro para os filmes ou as peças aos quais havia assistido, folhas de árvores recolhidas durante um passeio ou notas de consumo recebidas em varandas de cafeterias. Elas traziam a data e a hora exatas em que eu me encontrava lá. Creio que colava esses elementos à maneira de "provas materiais". Deviam me ajudar a me situar no mundo e, mais amplamente, a provar a mim mesma que eu existia. Suponho que um belo dia já não precisei disso, pois meu diário se interrompeu e parei de contar minha vida — apenas tentei vivê-la. Não pretendo de jeito nenhum recomeçar a anotar dia após dia o que faço do meu tempo. Primeiro, não faço coisas apaixonantes o suficiente para merecerem ser escrupulosamente anotadas. Além disso, em geral minha caderneta vermelha me basta para tomar notas. No entanto, desde a manhã de hoje sinto necessidade de registrar os últimos acontecimentos. Já sei o nome e o endereço do homem que me trouxe minha bolsa. Ele se chama Laurent Letellier. É o livreiro de Le Cahier Rouge. Percebo que estou escrevendo palavra por palavra o que a filha dele me disse. Essa frase tão inesperada ainda flutua em minha mente. É como se ela ricocheteasse suavemente dentro de minha cabeça, à maneira daquele joguinho da pré-história da eletrônica, constituído de dois traços e um ponto, no qual era preciso recuperar o ponto deslocando os traços verticais de cada lado da tela. Joguei isso um sábado inteiro com Natacha Rosen e seu irmão David. Foi há mais de trinta anos. Ignoro o que

eles se tornaram, e seguramente sou a única, neste instante, a recordar aquele sábado chuvoso na casa deles em Garches.
 A filha do livreiro se chama Chloé. Tomamos um café juntas na área envidraçada do ateliê. Minha avó diria que ela é "uma pessoinha bem decidida". É exatamente isso. Acredito que meu pai lamenta não ter lhe dado o endereço dele e que você gostaria de tê-lo, me disse. Ela sabe de tudo. Quando eu lhe contei que havia percorrido todas as livrarias do meu bairro, pareceu gostar muito, claro, eu faria a mesma coisa, comentou, passando a mão pelos cabelos com um jeito muito feminino e uma pontinha de altivez (será que eu também era assim na idade dela?). No entanto, eu tinha ido à livraria do seu pai, mas é verdade que não perguntei se havia ali um livreiro chamado Laurent. Estava cansada daqueles olhares intrigados e daquelas decepções constantes. Quando você esteve no Cahier?, me perguntou Chloé. Então puxou uma agenda Pléiade, esclarecendo que o pai lhe dá uma dessas a cada ano e que podia me arranjar uma, se eu quisesse. Depois fez a seguinte pergunta, e eu lhe pedi que repetisse: Quinta-feira? Foi o dia em que nós levamos Pútin para tomar as vacinas. (Chloé tem um gato chamado Pútin — mas se recusou a me dizer por quê.) Em seguida se levantou e disse que era hora de ir para a aula. E me fez prometer que eu nunca diria ao seu pai que ela havia me procurado. Prometi.
 Também me perguntou se eu tinha marido e filhos. Respondi que não, não tenho filhos, mas que tive um marido e que ele morreu, foi vítima de um atentado, muito longe daqui, em Bagdá. Chloé me encarou, balançando a cabeça muito devagar e sem dizer uma palavra. Gostei que ela sustentasse meu olhar; em geral, quando eu conto isso, as pessoas baixam a vista e depois a levantam para mim com um ar compungido, e eu tenho vontade de esbofeteá-las.

Quinta-feira, 30 de janeiro

 Toquei e ouvi a voz dele. Cheguei pouco depois das vinte horas. A persiana da livraria estava abaixada. O interfone do prédio tinha muitos nomes, entre eles, claro, o de "L. Letellier". Pois não?, disse a voz. Eu queria responder: sou Laure Valadier... certamente haveria um silêncio, e depois ele me mandaria subir. Ou talvez descesse. Mas a frase não me saiu. De repente, tive vontade de me dar mais um pouco de tempo, então disse: desculpe, foi engano. Tudo bem, boa noite, respondeu a voz, e em seguida um clique cortou nosso diálogo. Fiquei diante da porta de vidro do prédio e espiei o vestíbulo. À direita há uma porta que deve dar para a livraria — a loja de design Arcane 17, que fica no térreo do meu edifício, tem uma igual. Espiei a escada e o piso de mosaico imaginando que todos os dias o homem que não conheço, mas que me conhece tão bem, pousa os olhos sobre esse cenário. Chloé me contou que ele nem sempre foi livreiro, antes trabalhava com investimentos em bancos, e um dia largou tudo. Gosto da ideia de alguém poder mudar de vida, enquanto eu faço a mesma coisa desde os meus vinte e quatro anos. Voltei ao ponto de táxi pensando que, apesar de tudo, nós tínhamos nos falado sem que ele soubesse. Sua voz, mesmo deformada pelo interfone, era agradável, e seu "boa noite" me acompanhou durante todo o jantar na casa de Jacques e Sophie. Acabo tendo que contar a todo mundo minha história de coma e de agressão, estou um tanto cheia disso. Nem sequer falei do assunto com minha irmã, que me enviou um: No news? vai tudo bem? por e-mail. Respondi: Sim, vai tudo bem, e você? Nem sei se vou dizer a ela o que aconteceu nesses últimos quinze dias. Tenho cada vez menos coisas a compartilhar com Bénédicte e, quando recordamos o passado, não temos de jeito nenhum as mesmas lembranças. Às vezes tenho até a impressão de que nossos pais não eram os mesmos.

Sexta-feira, 31 de janeiro

Hoje banquei a Sophie Calle. Fui até diante da livraria. Sentei-me num banco da pracinha e olhei a vitrine de Le Cahier Rouge. Há três pessoas lá dentro: um garotão alto, de barbicha e cabelos compridos, uma senhora loura, de uns sessenta anos, e Laurent. Este corresponde bem ao retrato feito por William, que pula de excitação à ideia de eu ter descoberto o endereço dele. William me azucrina para eu entrar na livraria. Laurent é de fato "alto, magro, cabelos castanhos, quarenta e cinco a quarenta e sete anos, olhos castanho-escuros", mas afinal William é confiável quando descreve um homem. De início, só o vi de longe, porque não queria me aproximar da vitrine. Sei que ele conhece meu rosto. Às onze horas, o vendedor de cabelo comprido e barbicha saiu para a pracinha ao encontro de um rapaz de capuz, o qual lhe vendeu maconha. Tenho certeza de que foi isso, uma transaçãozinha rápida e precisa, ao pé da estátua. Ignoro se Laurent conhece as inclinações de seu vendedor, mas quando este voltou, a mulher loura arregalou os olhos para ele, balançando a cabeça com ar resignado — ela, sim, deve saber do lance. Na hora do almoço, Laurent saiu e eu fui atrás. Ele subiu a Rue de la Pentille e depois entrou na Rue du Passe-Musette. Eu o seguia de longe e só o via de costas. Imaginei que deveria ter levado a Nikon 51 de Xavier, a única que eu já soube usar. Teria feito fotos que poderia enviar anonimamente a ele, para o endereço da livraria. Ele se instalou para almoçar na varanda de uma cafeteria chamada L'Espérance, perto do mercado. Esperei na esquina da rua e depois me instalei duas mesas atrás dele. O garçom lhe disse, brincando, que vê-lo almoçar era um acontecimento. Tiveram uma conversa rápida, pela qual compreendi que Laurent só vinha ali de manhã cedo. Pedi uma salada César e um copo de vinho branco, e transcrevo a conta aqui. Eram 13h28 e o atendente está designado na nota como: garçom 2. Salada César: 9,30. Copo de vinho: 4,20. Café: 2,20. Total: 15,70.

  Laurent pediu uma carne com um molho e um copo de vinho tinto, bem como um café. Passou o almoço lendo um livro com uma curiosa capa branca. O volume deve fazer parte daqueles romances a que os livreiros têm acesso antes da publicação. Ele segurava um lápis e sublinhava frases. Eu, me debruçando, consegui ver seu perfil. Laurent tem um nariz muito reto, uma boca bem delineada e, naquele dia, não havia feito a barba. Também tem uns olhos doces, quase um pouco tristes, e que de repente começaram a se estreitar e a se tornar sorridentes quando o garçom fez uma brincadeira que eu não consegui ouvir. Sempre gostei dos homens cujos olhos passam, em poucos segundos, da melancolia à cumplicidade. Xavier era assim, meu pai também. Havia ainda uma loura de tailleur cinza a duas mesas de distância, lendo uns documentos. Por duas vezes, ergueu a cabeça para Laurent, tragando seu cigarro Vogue com uma expressão inspirada. Fazia bem o gênero dessas mulheres que sabem suscitar instantaneamente o interesse dos homens com dois sorrisos, só o tempo de lhes pedir a pimenta ou o saleiro. Garçom, não tenho açúcar aqui, disse ela em voz alta, pode me trazer? Laurent, que não tinha usado sua dose de açúcar, nem sequer ergueu os

olhos do livro, e o garçom pousou o açucareiro sobre a mesa da mulher. Não deu certo, pensei sorrindo. Como a maioria dos homens não propriamente bonitos mas sedutores, Laurent não tem a menor consciência do seu charme. A mulher foi embora sem colocar sequer um grãozinho de açúcar em seu café.
Tenho medo de que esse homem me agrade.

Sábado, 1º de fevereiro

Cortei o cabelo. A última vez tinha sido depois que espalhei as cinzas de Xavier no cabo de La Hague. Não sei mais o nome daquele salão aonde fui, perto de Barneville, não me lembro nem do rosto da cabeleireira. Bom, de fato está curto... Mas me parece bom. Pedi a Catherine que me devolvesse meus cabelos, ela os colocou num saco plástico e me trouxe. Queimei-os na lareira.

Domingo, 2 de fevereiro

Nada.
Eu não devia ter cortado o cabelo.

Segunda, 3 de fevereiro

A livraria está fechada, eu sou uma boba, devia ter imaginado isso. Amanhã volto lá.

Terça-feira, 4 de fevereiro

Amanhã eu vou.

Quarta-feira, 5 de fevereiro

Com todas estas páginas que escrevi, cheguei ao fim da caderneta vermelha, estou inclusive na folha cartonada do verso da quarta capa. Pronto, agora só me resta espaço para anotar algumas linhas. Estou sentada no banco da pracinha, os dois vendedores já saíram. Laurent não fechou a livraria, daqui posso vê-lo, ele está de pé numa escada, no fundo da loja. Desta vez vou entrar.

Laurent se limitou a virar rapidamente a cabeça para a porta que acabava de tilintar. Com a ajuda de um alicate e um pano, tentava consertar a junção de um cano de água cujo vazamento havia encharcado uma parte dos livros de bolso. Alguma coisa devia ter se quebrado quando o fornecimento de água fora restabelecido, quinze dias antes. A água escoara aos pouquinhos, inundando o fundo das estantes sem que ninguém percebesse. Boa noite, estou procurando um livro... Veio ao lugar certo, respondeu Laurent, apertando com todas as suas forças a braçadeira de cobre. Um livro cujo autor eu não conheço... Sabe o enredo, talvez?, prosseguiu Laurent, contemplando o cano. A braçadeira se deslocara um milímetro. Laure retirou o gorro de lã e desatou a echarpe. É a história de um livreiro que certa manhã encontra na rua uma bolsa feminina, leva-a para sua casa, examina os objetos que estão dentro, resolve encontrar a dona da bolsa mas, quando consegue, foge bobamente. Laurent ficou paralisado na escada e em seguida, muito devagarinho, dirigiu o olhar para ela.

Após um longo silêncio, com o coração disparado, respondeu: Esse daí nós não temos. Acho inclusive que ainda não foi escrito. O que ele não tinha previsto, mas, apesar de tudo, esperava, estava acontecendo — Laure Valadier se materializara na livraria. Como havia chegado até ele? Essa pergunta já não tinha importância, ela estava ali — aliás, nada mais tinha importância, nem a hora de fechar a loja nem o cano que vazava. Ela trazia, pendurado no antebraço, o objeto que o atormentara durante esses últimos quinze dias. O objeto que ele conhecia de cor e que já se tornara um pouco seu. Laurent desceu um degrau, depois mais um e ainda outro, até chegar à altura de Laure. Os olhos pálidos o fitavam, os cabelos estavam agora curtos, um sorriso ao mesmo tempo cúmplice e enigmático se desenhava nos lábios dela. Não sei o que dizer, pronunciou Laurent, baixinho. Eu também não, respondeu Laure, então vou começar pelo começo, pelo que todas as pessoas se dizem quando se encontram pela primeira vez. Baixou os olhos e em seguida os ergueu para ele: Boa noite, Laurent.

A primeira frase que Laure Valadier anotou em sua nova caderneta Moleskine foi: *Gosto de beijar Laurent.*

Esse beijo aconteceu, quarenta e oito horas depois do encontro deles, em frente ao prédio de Laure, no lugar exato onde, vinte e quatro dias antes, o homem lhe arrancara a bolsa.

Enquanto ela fechava os olhos e passava os braços em torno de Laurent, Belfegor, cinco andares acima, lixava as unhas numa poltrona da sala, assim como Pútin, quatro arrondissements mais longe — ambos sentiram a mesma volúpia nas patas dianteiras. No momento em que Laurent a estreitava, Pascal Masselou acrescentava três novos nomes femininos em seu arquivo "Objetivos" e anotava uma preocupante queda de 25,3% no arquivo "Estoque". Enquanto Laure apertava o botão elétrico do vestíbulo, Chloé conversava pelo MSN com um garoto de óculos de uma série acima da sua, chamado Alexandre, sobre o qual ela havia descoberto, durante um intervalo entre as aulas, que ele também gostava dos poemas de Stéphane Mallarmé. Na hora em que as portas do elevador se detinham com um estalido no patamar do quinto andar, Frédéric Pichier rasgava as primeiras quarenta páginas de seu livro em andamento e decidia escrever finalmente um romance contemporâneo: a história de um professor de francês, num liceu de subúrbio, que acompanha a ascensão profissional de sua aluna Djamila. Sem desconfiar que, nesse preciso instante, o futuro prêmio Goncourt germinava em sua mente. Enquanto Laure abria a fechadura de sua porta, provocando a saída imediata do gato para o patamar, William, na varanda de uma cafeteria, esperava Julien, um antigo namorado perdido de vista havia dez anos e que acabava de retomar o contato com ele pelo Facebook. Ao vê-lo se aproximar, disse a si mesmo que Julien talvez tivesse sido sempre o homem de sua vida. A três arrondissements dali, com a caneta-tinteiro em suspenso, Patrick Modiano se perguntava, havia meia hora, se devia ou não colocar uma vírgula após a primeira palavra da última frase de seu novo romance. Quando Laurent e Laure se atiraram na cama do quarto branco, Patrick Modiano continuava mergulhado em seu problema de pontuação. No momento em que Laurent pousou os lábios no pescoço dela, Laure descalçou com a ponta do pé direito a sapatilha esquerda, que caiu no assoalho com um ruído surdo. Em seguida, fez o mesmo com a outra sapatilha. No instante em que esta foi ao encontro da primeira, com o mesmo ruído sobre o mesmo taco do assoalho, Patrick Modiano resolveu não usar vírgula.

1ª EDIÇÃO [2016] 5 reimpressões

ESTA OBRA FOI COMPOSTA PELA ABREU'S SYSTEM EM ADOBE GARAMOND
E IMPRESSA EM OFSETE PELA LIS GRÁFICA SOBRE PAPEL PÓLEN BOLD DA
SUZANO S.A. PARA A EDITORA SCHWARCZ EM AGOSTO DE 2021

A marca FSC® é a garantia de que a madeira utilizada na fabricação do papel deste livro provém de florestas que foram gerenciadas de maneira ambientalmente correta, socialmente justa e economicamente viável, além de outras fontes de origem controlada.